마흔줄을 그에 대해
나는 어떤 언어를 사랑했는지
어떤 기억으로 아로새겼는지
어떤 환상을 좇았는지
어떤 빛이 되고 싶었는지

그리운 사람에게
[illegible]

너의 말이
좋아서
밑줄을 그었다

림태주 에세이

웅진 지식하우스

prologue · 내가 만난 최고의 문장

너였다. 지금껏 내가 만난 최고의 문장은. 나는 오늘도 너라는 낱말에 밑줄을 긋는다. 너라는 말에는 다정이 있어서, 진심이 있어서, 쉴 자리가 있어서, 차별이 없어서, 사람이 있어서 좋았다. 나는 너를 수집했고 너에게 온전히 물들었다.

나는 가끔 시적인 생각을 할 때가 있다. 밤하늘을 올려다보는데 형광 물고기 같은 별들이 몰려다니고 있었다. 저 별들은 어디에서 왔을까? 내 생각의 결론은 대부분 아름다워서 슬프다. 가령 이렇다. 더 이상 우리가 사랑할 수 없게 된 말들이 죽어서 하늘로 올라가 별이 된다. 그렇지 않고서야 저렇게 은은하게 떨리며 빛날 수가 없다. "시인 한 사람이 세상에 태어날 때마다 별자리에 특이한 움직임이 있다는 말은 사실인 것 같다." 독일 시인 노발리스의 말이다. 시인들은 말수가 적으면서도 은유하는 말로 가장 많은 말을 하는 종족이다. 별은 무선조종장치 같은 걸로 사람의 말과 연결되어 있는 것이 틀림없다.

별이 말의 무덤, 혹은 말의 영혼이라는 증거는 또 있다. 알퐁스 도데의 『별』 첫 문장은 외로움이 짙게 묻어난다.

"뤼브롱산에서 양치기를 하던 시절, 나는 몇 주 동안이나 사람이라고는 그림자도 보지 못한 채 나의 개 라브리와 양들을 데리고 목장에서 혼자 지냈다."

작가가 제목으로 내세운 '별'은 인간의 근원적인 외로움과 고립된 말의 순수함을 상징하는 메타포가 아닐까. 별과 말은 분명 하나의 운명이다.

외로워서 말이 생겨났고 그리워서 별이 생겨났다면, 사람은 왜 생겨났을까를 고민하다가 나는 열아홉 살의 세계에 편입됐다. 그 얼떨결의 열아홉 살 여름에 J. D. 샐린저의 『호밀밭의 파수꾼』을 만났다. 주인공 콜필드는 넓은 호밀

밭에서 자유롭게 뛰노는 아이들을 상상한다. 그리고 아이들이 앞뒤 생각 않고 호밀밭을 마구 달리다가 절벽으로 떨어지지 않도록 종일 아이들을 지키는 파수꾼이 되고 싶어 한다. 들끓는 영혼을 가진 그가 어둠에 속박당한 내면과 힘겹게 투쟁하고 있다고 나는 해석했다. 양치기가 그렇듯이 파수꾼이란 얼마나 견고한 외로움에 종사하는 직업인가.

외로운 생업이 또 있다. 폴란드 작가 헨리크 시엔키에비치의 『등대지기』는 나라를 잃고 떠돌다 정착하고 싶어 등대원이 된 노인의 이야기다. 고독을 선택한 노인은 말한다. 인간의 가장 큰 행복은 '방랑하지 않는 것'이라고. 고독이란 비로소 자기 자신과 함께 있게 된 시간을 말한다.

그러므로 양치기나 파수꾼이나 등대지기는 별이 발명한 직업군이다. 그토록 외로울 수가 없고, 그토록 사람의 말이 그리울 수가 없다. 나는 어쩌다 시인이 되어 고독에 세 들어 살고 있다. 정치가는 정치가 직업이고, 의사는 의료가 직업이고, 사업가는 사업이 직업인데 시인은 시가 직업이 아니다. 그래서 양치기나 파수꾼이나 등대지기 같은 직업들이 시인에 맞겠다는 생각이 든다. 별과 가까운 사람,

밤에도 깨어 있는 사람, 소중한 것들을 지키는 사람. 어찌 보면 특정 직업으로 시인을 한정할 필요가 없겠다. 회사원이나 환경미화원, 혹은 소방관이 밤늦게 일을 마치고 귀가하다가 별을 올려다보았다면 잠시 시인이 된 것이다. 별은 그들 가슴에 너라는 낱말 몇 개를 모스부호처럼 새겨 넣었을 것이다.

이 책『너의 말이 좋아서 밑줄을 그었다』에는 말의 빛과 어둠과 열에 관한 글들이 담겨 있다. 별의 말, 꽃의 말, 죽은 것들과 교감한 말이 들어 있다. 내가 귀 기울이지 못해 빼아팠던 마음의 말도 있고, 차마 하지 못한 사이의 언어들도 있다. 좋아서 밑줄 친 말도 있고, 너무 아려서 반사해 버린 말도 있다.

직업을 가리지 않고 스며들어 별처럼 반짝이는 이를 시인이라고 지칭하듯이, 모든 말에도 사랑이며 그리움이며 비탄이며 하는 감정들이 스며들어 있다. 웃음 나고 눈물 나는 것들이 모두 말의 분비물이다. 무언가에 배어들어 섞인 것들은 반드시 결합해 화학반응을 일으킨다. 그래서 나의 글들은 '언어의 화학'을 기본 원리로 삼고 있다.

어렵지는 않다. 나는 화학자도 천체물리학자도 아니기에 일상의 언어로 나긋나긋 자분자분 쓰려고 마음을 기울였다. 물론 내 말이 정답은 아니다. 산다는 건 각자의 위치에서 자신의 언어로 삶을 정의하는 일이라서, 나는 나의 생각과 나의 방식으로 해석하고 정의를 내렸을 따름이다. 황당하다고 힐난하거나 틀리다고 단정하지 말고, 독특하고 색다르다고 받아들여 준다면 기쁘고 안심되고 보람 있겠다.

줄 긋기는 인간의 오랜 습벽이다. 별들을 가만두지 못하고 줄을 그어 별자리를 만들고 그에 어울리는 신화를 지어낸다. 그뿐인가. 이 개념과 저 개념에 줄을 그어 없던 학문을 만들어내고 진보를 거듭한다. 전 지구인을 '랜선'으로 연결해 새로운 국경, 새로운 인류를 만들어낸다. 인생이란 어떤 사람에게 선을 잇고 어떤 언어에 줄을 그을 것인가를 선택하는 일이다. 세상의 많고 많은 말들 중에 내가 밑줄을 그은 말들이 나의 언어가 된다. 이 책 안에 쓸모 있는 문장들이 있어서 단 몇 줄이라도 그대의 것이 된다면, 나는 메밀꽃처럼 환히 흐드러지겠다.

차례

1부

사이의 명도

2부

마음의 날씨

3부

식물의 빛깔

4부

글의 채도

1부

사이의 명도

내가 어떤 언어를 사랑했는지,
어떤 기억으로 아프고 기뻤는지,
어떤 빛이 되고 싶어 했는지.

진심을 알아보는 법

나의 진심은 무엇으로 진심일까? 너의 정말은 진짜로 참말일까? 우리가 습관적으로 쓰는 말 중에 가장 많이 쓰는 단어가 '정말'이다. 정말 좋아한다고 고백하고, 정말 공부해야겠다고 다짐하고, 정말 예쁘다고 감탄한다.

상대방에게 내 마음을 강조하고 싶을 때, 믿어달라고 호소할 때, 나는 '정말'에 악센트를 넣어 말했다. "정말 진심이야. 믿어줘." 잘못을 저지르고 용서를 구할 때도 썼다. "정말 잘못했어. 미안해." 도무지 믿을 수 없는 말을 들었을 때는 눈을 동그랗게 뜨고 되물었다. "그게 정말이야?"

정말을 넣으면 진심인 것처럼 느껴졌다. 오해가 이해로

바뀌기도 했다. 쉽게 용서받을 수도 있었다. 그런데 이상했다. 정말이라는 말을 남발할수록 점점 나의 진심이 뭔지 모르게 되었다. '정말'이 없었다면 나의 진심을 살피는 데 더 애를 썼을지도 모른다. 이해받고 용서받고 믿음을 얻기 전에 나의 언행을 바르게 다잡는 일에 마음을 쓰고 시간을 들였을 것이다.

'진심'이란 말도 홀로 세워놓고 보면 초라해 보인다. 무수한 친절과 예의로 치장된 관계의 말들 속에서 어느 마음이 진실이고 거짓인지 잘 분간되지 않을 때가 많다. 마음은 너무 드러내도 문제고 너무 안 드러내도 문제다. 그래서 진심은 참 까다롭다. 나는 진심이 겉으로 드러난 정황 혹은 정도를 가리켜 진정성이라고 생각한다. 우리는 진정성이 느껴지는 사람이나 식당이나 물건에 신뢰와 호감을 갖게 된다. 진정성의 농도, 진심이 느껴지는 정도에 따라 가치가 달라진다. 즉 진심은 일종의 자본이다.

진심의 핵심, 진정성의 요체는 무엇일까? 나는 그것을 시간이라고 생각한다. 시간을 양적으로 사용하면 진정성이 된다. 곰탕집이 있다. 뼈를 전기솥에 넣고 서너 시간 고아 맛을 낸 곰탕집이 있고, 꼬박 하루 동안 장작불로 고아 맛을 낸 곰탕집이 있다고 하자. 재료가 똑같다면 이 곰탕에 투여된 시간의 차이가 진정성의 농도일 것이다. 바쁘다고 핑계를 대고 만나주지 않는 사람과 바쁘더라도 흔쾌히 시간을 내주는 사람의 차이가 관계의 진정성을 가른다. 시간이야말로 확실한 진심의 지표다.

오늘 생을 마감하는 사람에게 내일이라는 시간은 전 재산을 주고도 사지 못하는 가치를 지닌다. 우리 모두는 시간 앞에서 유한한 존재들이다. 내가 가진 시간의 양이 목숨이다. 그러므로 내가 누군가에게 시간을 내고 있다는 말은 내 목숨의 일부를 내주고 있다는 의미다. 누군가를 사랑하고 있을 때, 누군가를 미워하고 있을 때, 누군가를 기다리고 있을 때도 내 목숨이 사용된다. 그래서 인생에서 시간은 어느 것에 더 목숨을 소비하고 사용했느냐의 결과를 말한다.

나는 미워하는 시간보다 사랑하는 시간을, 잊으려 하는

시간보다 그리워하는 시간을 더 늘리려고 한다. 나를 위한 유익과 즐거움을 구매하는 데 내 목숨을 지불하려고 한다. 나는 자주 나에게 타이른다. 모두에게 인정받고 인기를 얻으려고 목숨을 분산하지 마라. 정말 소중한 사람에게, 내 진심을 알아주는 사람에게 목숨을 내주어라. 그렇게 진실해지고 깊어지기를 원해라. 그래야 목숨이 흩어지지 않고 집약되고 축적된다. 그 집약과 축적의 관계를 사람들은 막역한 사이라거나 베스트 프렌드라거나 단짝이라거나 삼총사 등과 같은 말로 부른다.

정말은 정말일 때만 쓸 수 있다. 정말은 진심일 때만 쓸 수 있다. 정말 사랑한다면 그에게 일 순위로 시간을 내주어야 한다. 그를 사랑하기 위해서는 분산되지 않는 목숨의 몰입이 있어야 한다. 다른 어떤 것보다 우선해서 그에게 시간을 쓰고 있다면 그가 알아주든 몰라주든 나의 진심을 의심할 필요가 없다. 그 마음만큼 진짜가 없고, 그 시간만큼 정말인 것은 없다. 시간이 진심이다.

믿는다는 말에 대하여

'믿는다'는 말은 진짜 믿기 어려운 말이다. 예전에 나도 참 많이 쓴 말인데 이 말에 점점 거리를 두게 되었다. '이 좋은 말을 왜?' 하고 반문할지 모르겠다. 실상 이 선량한 말은 아무런 잘못이 없다. 늘 그렇듯이 본뜻과 달리 왜곡해서 사용하는 사람이 문제다.

내가 신입이던 시절에 믿는다는 말을 듣고 야근을 밥 먹듯이 했다. 과장님도 아니고 사장님으로부터 직접 그 말을 들었으니 신이 날 수밖에. 믿음을 저버리면 안 되어서 나는 분발했다. 그 말이 나를 꼼짝달싹 못 하게 구속하는 말이라는 것을 그때는 몰랐다.

널 믿는다는 말이 좋았으므로 나 또한 내 아이에게, 내 후배에게 이 말을 서슴없이 했다. 나는 순수하게 믿었던 걸까. 믿었던 마음이 어긋나고 기대에 미치지 못하면 실망감을 넘어 배신감마저 느끼는 나를 발견했다. 믿는다는 것이 정말 믿는다는 선의의 말이 아님을 알게 되었다. 나는 믿는다는 말의 속뜻을 헤아려보았다. 약속을 지켜라, 기대를 저버리지 마라, 실망시키지 마라, 내 뜻을 거스르지 마라, 기필코 해내라. 이런 의미가 아니었을까. 이토록 숨 막히는 말을 내가 사랑하는 사람들에게 버젓이 해대고 있었다.

믿음은 기대와 대가의 합작품이다. 주고받음이 있어야 믿음의 호응 관계가 성립한다. 믿음을 부여받은 자는 믿음에 부응해야 하는 의무를 진다. 믿음을 준 대상에게 잘 보이고 싶고 인정받고 싶을수록 부담감과 압박감도 커진다. 믿음은 함부로 가질 일도 아니고, 끝까지 지켜내는 일도 만만치 않다.

믿음의 기원은 어땠을까? 인류는 무엇을 믿었을까? 원래 믿음은 여기에 없는 것, 혹은 성과를 향한 미래의 기대치가 아니었다. 믿음은 지금 여기에 있는 것, 지금 눈에 보이는 것을 확인하는 현재였다. 그래서 천둥을 믿었고, 나무를 믿었고, 물과 불을 믿었고, 별을 믿었고, 곰을 믿었고, 사람을 믿었고, 나를 믿었다. 꽃이 핀 것을 보고 봄이 온 것을 믿었고, 낙엽이 진 것을 보고 겨울이 온 것을 믿었다. 엄마가 아기에게 젖을 물리는 것을 보고 아기를 사랑한다는 것을 믿었고, 나뭇잎이 흔들리는 것을 보고 바람이 있다는 것을 믿었고, 수평선 위로 올라오는 돛배를 보고 지구가 둥글다는 것을 믿었다. 믿음이란 있음을 인정하고 지금을 받아들이고 존재함을 확인하는 일이었다.

그때의 우리는 믿음 안에서 생동했고 충만했고 평화로웠다. 그러던 어느 날 이상한 마음이 쳐들어와 본래 있던 마음을 내쫓았다. 그 이상한 마음은 있는 것을 하찮아하고, 오히려 없는 것을 부러워하고 좋아했다. 그 이상한 마음이 욕심이었다. 욕심이 마음자리를 차지하자 마음 안에 있던 천둥과 별과 곰과 사람과 내가 쫓겨났다. 믿지 않는 마음이 믿는 마음을 쫓아냈다. 그때부터 신도 나무도 사람도 나의 마음도 믿음이 아니라 믿어야 하는 존재, 있는 게 아니라 있다고 믿어야 하는 신앙이 되었다.

그렇게 믿음 자체였던 마음의 시대가 저물었다. 믿음으로 힘을 얻는 자가 생겨났고, 믿음은 지배와 복종 관계를 만들어냈다. 믿음이 보이도록 형상을 만들고, 이적을 행한 이야기를 만들고, 믿고 지켜야 할 말들을 경전에 기록해 퍼뜨렸다. 믿음은 스스로 전지전능해졌다. 오늘날 인간들은 문자로 세워진 것만 믿는다. 교과서에 쓰인 대로 암기하고, 집도 땅도 계약서로 주고받고, 법전에 따라 죄의 유무를 따진다. 믿는다는 것은 마음이나 말이나 사랑을 뜻하지 않는다. 너를 믿는다는 말은 너를 확인할 수 있게 수치로 문서로 결과를 증명하라는 말이다.

탐욕의 언어로 믿음을 정의하지 말자. 믿는 마음을 더럽히지 말자. 믿음은 바라는 것이 아니다. 믿음은 자신의 마음을 지켜보는 것이다. 나의 유익과 기대 때문에 누군가를 힘들게 하거나 자신을 옭아매게 해서는 안 된다. 믿음은 내 마음을 지키고 다스리는 일이다. 나의 욕심을 잠그는 일이다.

너를 믿는다는 말은 내 마음을 단단히 지켜내겠다는 각오다. 나를 끝까지 믿는 나에 대한 확신이다.

나의 삶을 설명하는 일

퇴근길에 한 젊은 남자가 철로 위를 걷고 있다. 기차가 달려오는 방향으로, 멈추지 않고 천천히. 고레에다 히로카즈 감독의 영화 〈환상의 빛〉은 영화 역사상 가장 아름다운 데뷔작이라는 찬사를 받는다. 피사체를 향하는 카메라앵글은 작품의 의미나 감독의 의도를 표현하는 중요한 수단으로 사용되는데, 이 영화의 앵글은 너무도 냉정해서 감정이 느껴지지 않는다. 너희의 세계에 개입하지 않겠다는 듯이 멀찍이 물러나 담담하고 느리게 바라볼 뿐이다.

단란했다. 남자에게는 갓 태어난 아기와 사랑하는 아내가 있다. 여자의 평범하고 평화롭던 일상은 산산이 부서진다. 어린 시절 여자의 할머니는 남은 생을 고향에서 보내고 싶다는 말을 남기고 집을 나간 뒤 행방불명되었다. 여느 때와 다를 바 없이 출근했던 남편은 홀연히 환상의 빛을 따라가 버렸다. 여자는 혼란스럽다. 무엇을 슬퍼해야 할지 몰라 고통스럽다. 이유를 남기지 않고 떠났으므로 여자는 남편의 죽음을 도무지 이해할 수 없고, 이해되지 않는 슬픔은 순조롭게 슬퍼지지 않는다.

영화는 삶에 대한 책임이나 윤리를 말하지 않는다. 그것이 누구의 탓도 누구의 잘못도 아니라고 섣부른 위로를 건네지도 않는다. 사람에게는 저마다의 환상이 있고, 그 환상의 빛을 좇아가는 사람이 있다고 모호한 답을 내놓지도 않는다. 사람에게는 타인이 알지 못하는 어떤 불행한 기억이 있고, 삶은 각자의 방식으로 그 기억에 적응하며 살아가는 것이라고 말하지도 않는다. 그런데도 엔딩 크레딧이 올라간 뒤에 이런 질문들이 계속 뒤섞인다.

얼마나 될까? 확실한 진실들이, 분명한 이유들이. 그걸 다 말할 수 없어 어떤 이들은 최선을 다해 설명하고, 어떤 이들은 그만 입을 다물어버린다. 이해할 수 없는 세상의 일들 때문에 어떤 이들은 숨은 뜻을 찾아 순례를 떠나고, 어떤 이들은 은유법을 배워 시를 쓰고, 어떤 이들은 눈물 바다를 응고시켜 소금을 만든다. 나는 납득되는 슬픔일 수 있게 들키는 삶이기를 바란다. 죽음의 단서를 흘리는 삶 혹은 이별의 징후를 예감하게 하는 삶. 부끄러우면 부끄러운 대로, 용서할 수 없으면 용서할 수 없는 대로. 훼손되어도 나에 의해 훼손되는 삶을 택하고 싶다.

죽음도 삶의 일부이므로 내게 와준 삶에 예의를 다해 나를 설명해두려고 한다. 내가 어떤 언어를 사랑했는지, 어떤 기억으로 아프고 기뻤는지, 어떤 환상을 좇았는지, 어떤 빛이 되고 싶어 했는지.

사랑의 화학

여름은 화생방 훈련실 같다. 신체의 참을성을 시험한다. 푸른 잎들을 할퀴며 태풍이 휩쓸고 간 날들이 있었고, 삐친 사람처럼 냉랭한 뙤약볕이 내리꽂아서 대지를 목 타게 한 날들도 많았다. 점점 인정사정없고 부드러움을 잃어가는 기후를 탓할 일만은 아니겠다. 이유 없이 거칠어지고 포악해지는 자연은 없으니까.

나는 잔인한 여름을 서늘하게 견디려고 그늘이 있는 책을 꺼내 읽었다. J. M. 바스콘셀로스가 쓴 『나의 라임 오렌지 나무』. 오랜만에 소년 제제 이야기를 다시 읽다가 이 말이 너무 차가워서 책을 덮었다.

"권총으로 빵 쏘아 죽이는 그런 건 아니에요. 제 마음속에서 죽이는 거예요. 사랑하기를 그만두는 거죠. 그러면 그 사람은 언젠가 죽어요."

『나의 라임 오렌지 나무』는 화학반응을 일으키지 못한 단절된 언어의 슬픔에 관한 이야기다. 밍기뉴라는 상상의 라임 오렌지 나무를 만들어 혼자 말 걸고 위로하며 어떻게든 살아낸 성장의 기록이다. "왜 아이들은 철이 들어야만 하나요?" 제제는 왜 무언가를 잃어야만, 무언가를 죽여야만 어른이 될 수 있는가를 묻는다. 나는 심한 갈증을 느꼈다.

정원에 나가 애플민트 잎 몇 장을 뜯었다. 라임을 꺼내 씻고 얇게 잘랐다. 애플민트 잎을 짓이기는 게 싫어 손바닥 위에 올려놓고 세게 손뼉을 쳐 잎의 세포막을 터트렸다. 안개 입자처럼 사방으로 분사되는 향기. 민트 향은 라임의 새콤달콤한 성분들과 주저 없이 뒤섞인다. 탄산수는 그 화학의 결합에 청량감을 더한다. 나는 이 상큼한 화학 레시피가 마음에 든다. 어니스트 헤밍웨이는 럼을 섞은 제대로 된 모히토를 즐겨 마셨겠지만, 나는 에이드로 가볍게 마시는 것을 선호한다. 술은 익는 시간이 필요한 발효 화학의 산물이다. 그래서 술에 기대어 나오는 대부분의 고백들은 상당 기간 가슴속에서 발효되고 숙성된 말들이다. 그런데 나는 한여름의 고백을 별로라고 생각한다. 여름의 발효는 너무 속성이라 맛이 엷다. 차분히 가라앉는 가을날이 적당하다. 가을에 편지를 쓰는 관습과 첫눈 오는 날을 약속하는 오랜 풍속이 우리에게 남아 있는 이유다. 당신의 진지하고 잘 익은 언어들을 가을날 국화 꽃다발과 함께 보내면 어떨까.

제제의 말이 맞다. 사람은 꼭 총을 맞아야 죽는 게 아니다. 사랑이 멈추면 죽는다. 사랑은 마음의 화학작용이라서 발열반응이 일어나지 않으면 생성되지 않는다. 반응하고 결합하는 것이 사랑의 원리다. 애플민트와 라임이 만났을 때처럼 개별의 본질과 특성을 망가뜨리지 않고 서로를 허용하며 농도를 맞추면 된다.

사람들은 오래 살고 싶어 한다. 영생하고 싶어 신체를

냉동하거나 복제 인간을 만들어낼 꿈도 꾼다. 정작 죽어나는 가슴은 생각하지 않는다. 필수 과목이어야 할 '사랑학 개론'이나 '언어 화학 입문서' 같은 책은 세상에 없다. 그래서 그토록 무수한 언어가 지상에 넘쳐나는데도 발열하는 사랑의 분자들은 희박하다.

제제의 말이 맞다. 사람은 자신의 운명으로 사는 게 아니다. 타인의 가슴속에서 죽으면 죽는다. 목숨의 길이는 생명 공학 기술에 달려 있을지 모르지만 목숨의 깊이는 사랑의 화학에 달려 있다. 누군가 당신을 흔드는 말을 한다면, 마음 깊은 곳에서 천둥소리가 들린다면 그것은 다른 목숨 하나가 결합을 시도한 것이다. 떨림이 있고 울림이 있고 열이 나고 빛이 난다면 의심할 바 없다. 그것은 분명하고 진짜다.

은어의 세계

은어라는 물고기가 있다. 약한 동물들이 포식자에게 들키지 않으려고 보호색을 띠듯이 은어도 서식지의 물빛과 닮은 색을 입고 있다. 등은 회갈색이고 배는 은백색이다. 은어는 미끈하게 아름다운 몸매를 자랑한다. 치어일 때 바다로 나갔다가 다시 냇물로 돌아와 산란기가 되면 알을 낳고 죽는다. 물고기는 자신이 태어난 곳의 물 냄새를 품고 있는데, 은어의 살에서는 수박 향이 은은하게 풍겨 나온다. 은어가 달고 맑고 푸른 물에서 산다는 걸 입증한다. 은어는 제법 물살이 센 상류의 깨끗한 모래와 자갈돌을 좋아하고, 돌 틈에 날렵하게 잘 숨는다.

우리는 무언가를 인식할 때 유형이나 특징이나 집단별로 묶고 분류하는 습성이 있다. 연어나 송어처럼 은어도 담수와 해수를 오가는 회귀 어종이지만 학자들은 더 세밀하게 분류한다. 골격의 크기가 다르다는 이유로 연어는 송어나 곤들매기와 함께 연어과로 분류하고, 몸집이 작은 은어는 바다빙엇과로 따로 분류한다.

이런 분류 습성은 우리 뇌의 인식 체계와 관련이 있다. 그런데 나는 어떤 무리나 특정 집단에 소속되고 싶어 하는 인간의 강렬한 욕구와도 맞닿아 있다고 생각한다. 종, 속, 과, 목, 강, 문, 계의 생물 분류 체계를 만들어 쓰듯이 집단성을 표방한 새로운 용어들을 만들어내고 거기에 소속된다. 무정부주의, 케인스학파, 힌두교도, 마르크스주의자, 한자 문화권, 페미니스트 등등. 이런 개념 분류는 동류에게 연대 의식을 부여할 뿐만 아니라 보이지 않는 배타성을 갖는다.

지동설이나 만유인력의 법칙이나 질량 보존의 법칙은 그것이 발견되기 전까지 존재하지 않았던 현상이 아니다. 사람들은 새로운 진리를 발견했다고 유레카를 외치지만,

이는 계속되어 왔던 현상이나 물질을 비로소 이해할 수 있게 설명할 수 있는 말을 찾아낸 것에 불과하다. 그렇게 새로 생겨난 말들에 따라 사람은 생각을 바꾸고 달리 보고 더 정확하게 현상을 짚는다. 그런가 하면 새로운 말을 쓰는 사람들과 그 말을 인정하지 않은 사람들이 서로 나뉘어 뭉치고 배척하며 맞선다.

은어(隱語)는 끼리끼리의 말이다. 그들만의 소통 언어라서 집단의 유대를 강화시킨다. 물고기 은어가 떼를 이루어 깨끗한 모래와 자갈 틈을 보금자리로 삼아 산란을 하듯이 같은 은어를 쓰는 사람들은 그들만의 영역과 세계를 형성한다. 그 세계는 비밀로 끈끈한 결속력과 신비성을 갖는다. 그 세계에 진입하려면 그들의 은어를 배워야 하고 그 은어를 통해서만 그들을 이해할 수 있게 된다. 다시 말하면 은어는 이방인의 세계에 들어가는 비밀 코드다.

넓게 보면 각 나라, 각 부족의 언어는 그들의 은어다. 그들을 다른 세계와 구분하는 중요한 징표이고 그들의 세계관을 반영한다. 우주적 차원으로 본다면 별들 하나하나가 다 은어다. 반대로 미시적 차원에서 생각하면 사람들 각자가 쓰는 말들도 다 은어다. 그 사람만의 특성과 세계가 그 사람의 언어에 담겨 있다. 그래서 우리는 그의 말을 뻔히 알아들으면서도 그의 일부분만 알고 그의 표면을 조금 이해하는 데 그친다. 그렇게 본다면 우리가 누군가를 사랑한다는 것은 그 대상이 쓰는 언어를 익히고 생각과 행동을 모방하는 일이라는 해석이 가능하다.

돌이켜보면 우리의 사랑이 실패한 이유는 상대방의 언어를 제대로 이해하지 못한 데 원인이 있었다. 내가 쓰는 언어와 다르지 않다고 판단해 모든 것을 내 관점에서 말하고 내 언어 체계로 이해하려 들었다. 상대의 말을 그만의 은어라고 여기지 않았다. 탐구하며 배우려 하지 않았고 시간과 인내가 소요되는 일임을 고려하지 않았다. 자꾸 다른 데서 관계의 하자를 찾으려 했으므로 실패를 반복했다. 그저 말이 잘 통하는 성격 좋은 사람을 찾아 헤맸다. 생각해 보라. 말이 잘 통한다는 것은 말을 잘 맞춘다는 이야기다. 맞춘다는 것은 다르지 않다는 뜻이 아니라, 다른 서로가 어긋나지 않게 조화를 도모한다는 의미이다. 그래서 은어는 단지 구술하는 기술적인 언어가 아니라 학습과 탐구가 필요한 전공어에 가깝다. 둘만의 사적인 은어를 밀어(密語)라고 한다. 은어를 직역할 수준이 됐을 때, 드디어 우리는 속삭일 수 있게 된다. 아주 낮은 목소리로도 몇 마디의 짧은 밀어로도 사랑의 본질에 닿을 수 있게 된다.

매혹적이지 않는가. 은어처럼 맑은 자갈돌 속에 숨는 말이 그대와 나 사이에 있다는 것. 우리 둘이서만 알아듣고 붉어지는 은어가 있다는 것. 시니피앙과 시니피에가 분리되지 않은 궁극의 언어가 있다는 것.

가끔은 혼자여도 좋다

"지금 통화 가능해요? 누구랑 같이 있어요?"

마음이 가는 사람이 전화해서 내게 묻는다. 나는 이렇게 물어봐 주는 게 좋다. 바쁘다거나 옆에 누가 있다고 하면 용건만 간단히 말하고 끊겠다는, 살피는 마음이 들어 있다. 혼자 있다면 내가 좀 더 친근하게 굴어도 되지 않겠느냐는 암시가 담겨 있다. 내가 당신 곁에 있는 누군가가 되어주면 어떻겠느냐는 은근한 다정도 품고 있다.

"아니에요. 혼자 있어요."

나는 혼자 있다고 해낙낙한 목소리로 답한다. 벌써 이 사람과 이어질 말들을 기다리게 된다. 혼자 있기를 잘했다는 생각이 든다. 혼자 있어요. 혼자였는데도 한 번도 혼자 있던 적이 없던 사람처럼 말한다. 당신은 '누군가 곁에 있는 것 같은 혼자'의 기분을 알까 모르겠다. 그래서 혼자 있을 때도 시무룩하지 않고 지루하지 않고 편안하고 느긋했다.

사실 나는 '혼자 있어요'라는 말 앞에 '당연히'라는 부사를 넣고 싶었는데 뺐다. 당신밖에 없어서 '당연히'가 분명한데 너무 없어 보일까 봐 너무 쉬워 보일까 봐 넣어 마땅한 그 말을 빼고 말했다. 불현듯 염려하는 마음도 있었다. 사람의 일이란 알 수 없으니 어느 날 진짜 혼자가 된다면 '당연히'가 불길한 예언이 될까 봐 꺼리는 마음도 있다.

'지금은 혼자 있어요'라고 하면 어땠을까. '지금'을 콕 집어넣어 한정적이라는 뜻을 밝히는 건 어땠을까.

"언제나 혼자인 사람이 어디 있겠어요? 잠시만이죠. 사실 지금도 혼자라는 생각은 안 들어요. 완전하게 혼자가 되어보고 싶은데 그게 어디 쉬운 일이겠어요? 불안하게 우리이듯이 불완전하게 혼자인 거죠. 지금은 혼자 있어요."

우리가 사랑을 갈구하는 이유는 혼자이기 때문이다. 아

무리 사랑해도 함께 있다고 해도 인간은 홀로이다. 홀로이기 때문에 같이 있을 때도 사랑을 지속할 수 있다. 고독은 혼자인 내가 분리된 또 다른 혼자에게 나아가도록 만든다.

사랑한다는 것은 타인의 고독을 향해 나아간다는 것.
고독을 사랑하지 않는 사랑은 불가능하다.
너라는 고독을 사랑하지 않고 너를 탐닉하는 건
목까지 잠기는 짙은 사랑이 아니다.
발목이나 겨우 잠기는 옅은 사랑이다.
언제라도 대체 가능한 사랑이라는 형식,
사랑의 정의를 사랑하는 것이지
너라는 내용, 너라는 존재를
사랑하는 것이 아니다.

선승들이 문을 닫아걸고 면벽 수행을 하는 것이나 봉쇄수도원의 수사들이 침묵과 고독에 투신하는 이유는 자아의 최대치를 만나기 위해서일 것이다. 마음이 작아서 보이지 않으니 다른 잡다한 것들을 지우고 마음만 돌올하게 극대화해서 들여다보려고 그러는 것일 테다.

외로움과 쓸쓸함은 고독과 다른 상태다. 심심한 상태는 잠시 외로운 상태인데 타의적이다. 고독은 심심하지 않고 자발적이다. 고독과 만날수록 나는 고독과 가까워진다. 외로움이 타인과의 관계, 외부적 관계에서 오는 감정이라면 쓸쓸함은 나와의 관계, 내부적 관계에서 오는 단절이다. 고독은 단절의 감정이 아니라 몰입의 감정에 가깝다. 몰입은 중심에 집중하기 위해 주위를 거두는 상태이다. 고독은 고독을 뺀 나머지 모두를 소거한다. 그렇게 고독이 팽창하면 혼자의 존재가 있음으로 가득해진다.

혼자 있을 줄 안다는 것은 자신을 돌보고 아낄 줄 안다는 뜻이다. 혼자일 때도 완전히 혼자가 되지는 않는다. 그리워하느라 미워하느라 밀어내느라 누군가와 있기도 한다. 치열하게 자기를 부정하고, 애써 자기를 긍정하느라 사투를 벌이는 혼자도 있다. 그래서 혼자가 되면 약해지고, 또 강해진다. 고독은 어쨌든 강렬하게 나를 느끼는 것이고, 그런 혼자의 느낌은 살아 있는 동안의 '선물'이다.

지금 혼자 있어서 나는 밤하늘의 별들을 독차지하고 있

다. 정말 혼자 있고 싶은데 별 때문에 고독이 시끄럽다. 당신은 혼자 있느냐고 내게 전화를 해온다. 나는 설레고 나의 고독은 망했다.

싸움의 기술

국어사전에는 말다툼과 말싸움을 같은 의미로 설명해 두고 있다. 말로 옳고 그름을 다투는 일이라는데 나는 둘을 구분해서 사용한다. 친구들과 하는 것은 말다툼이고, 사랑하는 사람과 하는 것은 말싸움으로. 다툼은 누가 옳은지 따져보거나 누가 잘났는지 겨뤄보거나 누가 힘센지 가려보는 거라서 친구 사이에 쓰는 게 적당하다는 생각이 든다. 그런데 싸움은 전쟁이라서 사랑과 짝을 이루어야 알맞다. 사랑이 전쟁이 아니었던 시대가 있던가.

말싸움은 시시비비를 가리는 싸움이 아니다. 감정 대 감정의 격돌이라서 옳고 그름이 없다. 말싸움을 깨진 평화라고 생각하는 사람도 있고, 가장 격정적인 대화라고 생각하는 사람도 있다. 나도 꽤 많은 말의 전쟁을 치르며 살아왔다. 지금은 칼로 물을 베는 기술도 알고, 베지 않고 물이 흘러가게 두는 요령도 터득했지만, 확실한 건 물도 베이면 피가 나온다는 점이다.

오랜 전쟁의 경험으로 내가 체득한 것이 몇 가지 있다. 이를테면 '사랑은 이해로부터 시작된다'는 사랑학 개론 제1장은 거짓말이라는 것. 인간은 이성적이며 합리적이라서 관심을 갖고 살피면 무엇이든 이해 가능하다고 한다. 정말 그런가? 이론은 그럴싸할지 몰라도 현실은 전혀 그렇지 않다. 인간의 이성으로는 인간을 이해할 수 없다. 그것이 사랑의 감정이라면 더더욱 불가사의한 비합리와 비과학의 영역에 있다. 차라리 우주를 이해하려고 덤비는 게 낫지 사랑을 이해하려는 시도는 무모하다. 이해 불가한 것은 그냥 수용하거나 인용(認容)하거나 둘 중 하나다.

사람들은 사랑 앞에서 상대의 좋고 나쁨을 따진다. 이해가 되면 좋은 것, 이해가 안 되면 나쁜 것이다. 이건 논리적

모순이다. 이해의 대상이 아닌 것을 앞에 두고 이성을 대입하고 있으니까. 잘 맞는 사이, 서로 맞추어가는 사이, 잘 안 맞는 사이가 있을 뿐이다. 사랑의 함수는 좋고 나쁘고의 가치 판단 문제가 아니라, 얼마나 같고 얼마나 다른가의 변수를 풀어가는 계산식이다.

성격, 체질, 가치관, 식습관, 감수성, 말투, 취향 등등 모든 것이 서로 다를 수밖에 없다. 다른 것이 정상이다. 우리는 왜 낯선 곳으로 여행을 떠나는가. 익숙한 여기와 다르기 때문이다. 여기와 다르지 않다면, 가서 보고 먹고 자고 만나고 느낄 이유가 없다. 온갖 불편과 위험을 감수하고, 돈과 시간을 써가며 여행하는 이유는 여행이 다른 세계의 새로운 맛을 경험하게 해주기 때문이다.

나는 말싸움이 다름을 좁혀가기 위한 열정의 발화 형식이라고 생각한다. 싸움의 목적을 이해하면 전문가의 기술도 터득하게 된다. 눈으로 볼 수 있는 다름은 빙산의 일각이다. 다른 생각, 다른 마음, 다른 성장, 다른 성향, 다른 환경은 거대하지만 보이지 않는다. 그래서 선입견 없이 귀를 열어야 한다. 싸움의 형식을 빌려 평소에 제대로 들어주지 않았던 상대를 향해 자신이 어떤 사람인지, 무엇을 원하는지를 설명하고 주장하고 발표하는 것인지도 모른다. 싸울 때 비로소 상대의 진심과 소망, 속마음이 확연히 드러난다. 그래서 싸움의 기술자들은 싸움을 서로의 차이와 다름을 좁히는 회의, 서로의 같음을 늘려가려는 협상의 자리로 삼는다.

가끔 싸움의 하수들이 "말해봐야 뭣해. 달라지지 않을 텐데." 하고 아예 말문을 닫아버린다. 이런 자포자기는 위험하다. 물론 말 몇 마디로 금방 달라지거나 좋아지는 인간은 거의 없다. 인간은 습관대로 편리한 대로 익숙한 관념대로 산다. 누가 권유하고 강요한다고 금세 변하지 않는다. 우리는 상대를 바꾸기 위해서 말을 하는 게 아니다. 내가 말하고 싶어서, 내가 사랑하고 싶어서, 내가 살기 위해서 한다. 상대를 바꾸려는 강요의 말은 늘 불통과 저항을 부른다. 자기 자신을 살리기 위해 진심을 담아 말하면 그 말은 변화를 일으키는 힘을 가진다.

나는 사랑이 행복처럼 상상의 산물이라고 생각한다. 현

실에 없기 때문에 갖가지 사랑의 형태를 창조해내고, 행복의 모습을 만들어내서 모방하며 살아간다. 단지 혼자라면 상상하고 꿈꿀 이유가 없을 것이다. 누군가와 함께하고 누군가를 사랑하기에 우리는 끊임없이 아름다운 것을 상상하고 노래를 지어 부르고 시를 쓴다. 그 상상이 메마를 때 나는 사람을 만나고 사람의 말을 듣고 사람의 책을 읽는다. 살아가기 위해 싸움을 걸고, 그 싸움으로 더 많은 것들을 사랑하고 상상한다. 부단히 싸우기를 권한다. 밥을 먹고 요가를 하고 꽃을 심고 설거지를 하는 것, 그 모든 일이 사랑을 위한 상상이고 싸움이다.

관계의 말들

말을 참 맛있고 재미있고 쏙쏙 들어오게 하는 선배가 있었다. 선배랑 이야기하다 보면 홀린 듯 이야기에 빠져들었다. 실없는 농담을 하거나 거친 말을 하는 게 아닌데도 사람을 주목하게 만드는 재주가 있었다. 선배의 화법에는 남들에게 쉽게 찾기 어려운 특이한 점이 몇 가지 있었다.

"내가 어제 책을 한 권 읽었는데 말이야. 기가 막히게 재미있더라. 무슨 책인지 궁금하지?"

"네."

"다석이라고 들어봤니?"

"아니오."

"다석은 류영모 선생 호야. 선생 이름은 들어봤지?"

"네."

"다석 선생은 철학자신데 천문, 지리, 동서양 철학뿐만 아니라, 불경과 성경 등 종교학에도 능통한 대석학이셨지. 근데 이분은 한글 사랑이 아주 깊었어. 선생을 기리려고 다석학회가 만들어졌는데 여기서 편찬한 책이 『다석 강의』야. 책 내용이 궁금하지?"

"네."

"이분은 1890년생이신데, 글쎄 훈민정음 스물여덟 글자에 만족하지 않고 생경한 글자를 창작해서 쓰시는가 하면, 많은 신조어를 만들어 쓰셨대. 옛날 사람인데도 혁신적인 분 같지 않아?"

"네. 그러네요."

"'오늘'이란 말이 있잖아?"

"네."

"선생은 오늘을 '오! 늘'이라고 풀이하셨대. 오늘 하루가 항상, 영원하다는 의미로. 괴짜 같지 않아?"

"기발한데요."

굳이 대답이 필요하지도 않은데 자꾸 질문을 던져서 청자가 화자의 말에 참여하게 하고 대화에 집중하게 만들었다. 또 특이한 점은 시험 때나 암기하고 잊어버렸던 글쓰기의 육하원칙을 화법에 넣어 구사한다는 거였다.

"내가 왜 그 두꺼운 책을 읽었겠어?"

"글쎄요?"

"잠이 안 와서였어."

"저도 잠이 안 올 땐 책을 읽어요."

"그렇지. 넌 어디서 읽을 때 책이 잘 들어와?"

"전 조용한 곳이요. 그리고 아침에 더 잘 읽혀요."

"나는 화장실. 거기서 읽으면 내용이 쏙쏙 들어오거든."

"그렇기도 하죠."

"근데 그 책 읽고 어떻게 됐는지 알아?"

"글쎄요?"

"다음 날 철학 시험에 떡하니 그 책 내용이 나온 거야. 완전 대박이지?"

"와, 대박이네요."

한번은 선배가 아르바이트 자리를 구해야 할 상황에 놓였다. 대학의 학과 사무실로 찾아간 선배가 조교에게 특유의 화법을 구사했다.

"선배님, 사정이 있어서요. 제가 아르바이트 자리가 급히 필요한데요. 선배님이라면 방법이 있을 것 같아 도움을 청하려고 왔습니다."

여기서 힌트는 '선배님의 방법'이다. 막무가내로 떼를 쓰는 게 아니라 넌지시 조교에게 해결책을 강구하도록 책임감을 부여하고 있다. 이런 화법은 실제로 사회생활에 요긴하게 쓰인다.

선배가 면접시험을 보러 가서 면접관에게 했던 질문은 밑줄을 쳐둘 만했다. 면접관이 간단히 자기소개를 해보라고 하자 선배는 자기소개를 끝내고 면접관에게 발언권을 얻어 물었단다.

"제가 좋아하는 이 회사에 면접 기회를 주셔서 감사합니다. 저의 어떤 점이 좋아서 저를 면접 심사까지 부르셨는지 여쭤봐도 될까요?"

면접관이 흥미로운 녀석이군, 하는 표정으로 선배의 이

력서며 필기시험 점수를 다시 한번 훑어보더란다. 선배의 말에 따르면 그런 질문은 프레임을 만드는 질문이라고 한다. 면접관의 머릿속에 이 친구는 좋은 점이 많다는 인상을 무의식중에 심어주고, 그 이유를 면접관 스스로 찾아보게 만드는 질문이라고.

선배에게 물어본 적이 있다. 선배는 어떤 책을 읽어왔길래 그렇게 말을 잘하게 됐느냐고. 선배의 동문서답이 지금도 기억에 남는다.

"말은 관계야. 관계의 핵심은 사람이고. 나는 내 필요보다 상대를 먼저 생각하면서 말해. 말에 사람이 들어 있으면 금이고, 사람이 빠져 있으면 똥이야. 내가 무엇을 말할까가 아니라 이 사람에게 어떤 힘을 부여할까가 우선이야. 자부심, 자존감, 쓸모, 존중받는 느낌, 이런 게 다 힘이거든. 자기에게 힘을 주는 사람을 싫어하는 사람은 없으니까."

사랑하지 않는 것도 사랑이다

반려견을 대상으로 한 프로그램이 방송될 때마다 우리 집에서도 다음 질문이 반복된다.

"우리도 강아지를 키워볼까?"

아이들은 적극적이고, 나는 적극적으로 말리는 입장이다. 결국엔 아이들이 아니라 내가 떠맡게 될 것을 아니까. 〈세상에 나쁜 개는 없다〉라는 텔레비전 프로그램이 있다. 이 제목은 개가 아니라 키우는 사람 중에 나쁜 사람이 있다는 뜻으로 받아들여진다. 개를 책임질 수 없는 주인, 책임진다는 게 뭔지 모르는 주인, 개의 습성과 언어를 이해하지 못하는 주인, 그러면서 개를 사랑한다고 믿는 주인. 개가 아니라 사람이 나쁘다고 말하는 프로그램이다.

실은 아이들보다 내가 더 많이 개를 키우고 싶은 욕구를 가지고 있을지 모른다. 어릴 때 이웃집에서 키우던 영리하고 용맹한 셰퍼드를 잘 길러보고 싶고, 빠르고 침착한 그레이하운드와는 지칠 때까지 달려보고 싶다. 이름도 이미 정해뒀다. 두 글자 이름이 잘 각인되고 부르기도 좋다고 해서 셰퍼드는 '망고', 그레이하운드는 '키위'다. 둘 다 내가 좋아하는 과일이다. 그런데도 나는 아이들 앞에서 개를 키우고 싶다는 마음을 한 번도 내색하지 않았다.

나는 키우지 않는 것도 사랑이라고 믿는다. 함부로 사랑하지 않는 것도 사랑이라고 믿는다. 사랑을 참아내는 것도 때로 사랑보다 더 좋은 사랑일 수 있다고 믿는다. 사랑에는 준비도 필요하고 여건도 필요하다. 무엇보다 내가 아니라 개의 입장에서 생각해보는 태도, 개와 소통할 수 있을 만큼의 지식도 필요하다. 연애와 달리 결혼은 실전이라서 연습이 없지 않은가. 개와의 동거도 마찬가지다. 반려란 사육이 아니라 짝과 짝의 관계를 의미한다. 친구가 돼 서로를 보살핀다는 의미가 '반려'에 담겨 있다. 그러니 개의 언어를 알아듣지 못하거나 일방적인 사랑을 투입하거나 적정 거리 유지에 실패한 관계는 반려의 실패다.

내가 그 정도로 성숙했는지 의문이다. 개를 키우지 않는다고 말하면 어떤 이들은 나에게 이렇게 권한다.

"개를 좋아하지 않나 봐요. 그럼 고양이를 키워보세요."

나는 속으로 대답한다. 키우지 않는다고 좋아하지 않는 건 아니랍니다. 좋아해서 참는 거랍니다. 정말로 좋아하면 좋아한다는 걸 잘 드러내지 않는다. 서툴러서 다치게 할까 봐 어설퍼서 아프게 할까 봐 조심스러워하는 마음, 연민하는 마음이 정말 좋아하는 마음이라고 나는 믿는다.

사랑이 꼭 곁에 두는 것,
소유하는 것만이 아니다.
그리워하는 것,
마음을 분명히 하는 것도
사랑이다.

당신이 오래 살았으면 좋겠다

친구 H가 죽었다. 갑작스러운 죽음이라서, 도무지 현실 같지 않아서 얼었던 몸이 풀리듯이 서서히 가슴이 아려왔다. 슬픔은 두 갈래의 죄책감으로 흘러들었다. 친구와 자주 함께하지 못했다는 직무 유기로, 서로의 내면을 꺼내 이야기해본 적이 없다는 피상적 관계성으로. 친구가 내게 남긴 마음의 언어가 없다는 사실이 가슴 아팠다. 추억의 장면이나 각인된 친구의 모습이 아니라, 친구의 말이 나는 절실하게 그리웠던 모양이다. 우리가 수없이 나누었을 그 많은 말들 속에서 그를 기억할 만한 단 한 줄의 문장이 없어서 나는 그게 서운하고 서러웠다.

나는 유년기에 주로 어머니와 대화했다. 내가 쓰는 어른의 말은 모두 어머니로부터 온 것이다. 아버지에게 물려받은 언어적 유산이 내게는 없다. 불행한 일이다. 나의 어휘와 문체는 어머니의 내면에서 발원했다고 나는 추정한다. 나는 자주 아버지와 불화했다. 불화를 다른 말로 정의하면 언어의 단절이다. 일상에서 쓰는 말 이외에 어떤 내면의 말도 아버지와 나 사이에는 교류되지 않았다.

아버지가 돌아가시고 나서 어느 날 문득 물음 하나가 떠올랐다. 아버지는 왜 내게 어른의 언어를 물려주지 않았을까? 뭇 아버지들이 자식들에게 전하는 인생철학 같은 것. 그런 삶의 언어들이 왜 아버지와 나 사이에는 없었을까?

그러다 내게 아버지의 언어가 없었듯이 아버지도 당신 아버지의 언어가 없었기 때문이라는 생각에 미쳤다. 할아버지의 이른 죽음이 원인이었을 것이다. 갓 스무 살이었던 아버지는 느닷없이 부친을 여의고, 조부가 일군 사업과 일가와 유산을 책임져야 하는 처지가 되었다. 미루어 짐작건대 청년이었던 아버지는 자신에게 던져진 가장이라는 무게에 짓눌렸던 것 같다. 아버지는 불행하게도 어른의 언어를 습득하지 못한 채 가장이 되었고, 자식에게 전해줄 삶의 언어를 제대로 정비하지 못한 채 생업에 떠밀렸다.

태어나면서부터 가지고 나는 앎이 있다. 이걸 생득적이라고 한다. 철새는 좌표나 내비게이션 없이 바다를 건너 대륙의 한 지점을 향해 비행한다. 바다에서 성장한 연어는 태어난 시원을 찾아 강 상류로 회귀한다. 이 능력은 생득되는 것이다. 감각, 인지력, 본성 같은 것들도 인간이 생득적으로 지니고 있는 것이다.

인간의 언어 감각이나 정서 표현이 생득적이라면 내 몸 안에는 유전된 조부의 언어가 없다. 내가 글을 쓰고 언어에 집착하는 이유가 그 부재에서 오는 결핍을 내 아이들에게는 물려주지 않으려는 안간힘일지도 모른다. 부모가 아이에게 자신의 언어를 남긴다는 것은 본능적이고도 지고한 일이다. 언어의 단절은 정신과 사랑의 단절이다. 그러므로 나는 나를 할아버지라고 부를 후손의 모국어이고 정신의 기원이다.

나는 바란다. 아이를 가진 부모가 충분히 오래 살았으면 좋겠다고. 아이가 어른으로 성장할 때까지 체득할 어른의 말을 부모가 밥 먹듯이 놀듯이 전해주고 가면 좋겠다고. 그래서 아이들이 풍요롭고 향기로운 말의 세계에서 살게 되기를 바란다. 부모가 건강한 삶을 사는 것만으로도 아이에게 크나큰 행운이고 축복이다. 아이가 어른의 몸이 되고 어른의 말을 쓸 때까지 곁에서 지켜봐주는 것이 부모가 아이에게 보일 수 있는 가장 좋은 사랑의 모습이라고 나는 믿는다.

사람은 말로 사랑을 시작하고, 말로 서약하고, 말을 전할 아이를 낳고, 말의 세계로 아이를 내보낸다. 아이는 부모의 말을 전승해 자신의 말을 만들고 그 말을 지키며 산다. 말의 주인이 죽은 뒤에도 말은 살아서 누군가의 마음을 흔들고 삶의 방향이 된다. 얼마나 유장하고 위대한 생명체인가, 당신과 나의 말들은.

거리를 둔다는 게 쉬운 일이 아니다. 한 공간에서 같이 잠을 자는 사이건, 같이 일을 하는 사이건 대개 최악의 상황이 되면 공간을 분리하려는 시도를 하게 된다. 그렇게만 해도 얼마간 숨을 쉴 수 있게 되니까. 그런데 사회생활에서는 어쩔 수 없는 경우가 있다. 적당히 거리를 두고 싶은데 한 공간에서 일을 해야 할 때 마땅한 해결책이 없어 괴로워진다.

군대는 딱 그런 공간이다. 마음에 안 든다고 때려치울 수가 없다. 전출도 마음대로 안 되니 버티는 수밖에 다른 방도가 없다. 어느 선임병이 있었다. 그는 자격지심과 열등

감에 찌든 사람이었다. 다른 병사들처럼 나도 그에게 먹잇감이 되었는데 내무반 생활이 죽을 맛이었다. 차라리 야외 훈련을 나가는 게 편할 지경이었다.

괴롭힘을 당하는 후임마다 그에게 대응하는 방식이 달랐다. 휴가를 다녀오면 선물을 갖다 바치는 유형도 있었고, 입의 혀처럼 달라붙어 아양을 떠는 유형도 있었다. 내가 그에게 택한 거리 두기 방법은 '정중한 말투'였다. 다른 선임병들에게는 조금씩 장난도 치고 가벼운 농담도 하지만, 그에게는 어떤 사적인 이야기도 하지 않았고 웃음도 보이지 않았다. 그렇다고 적대감을 드러내거나 무시하는 표정을 짓지도 않았다. 털끝만큼도 당신에게 내 감정을 내주지 않겠다는 게 내 생각이었다.

계급이 올라가고 내가 내무반의 주축이 됐을 때도 그에게 정중한 태도를 견지했다. 그가 제대를 앞둔 때에도 바짝 군기 든 신병처럼 말했다. 친근한 말투나 경계를 푼 말투를 그에게 쓰지 않았다. 그가 바보가 아닌 이상 알았을 것이다. 자신이 나에게 아주 정중히 배제되고 있다는 사실을.

나는 그가 제대하는 날까지 말의 거리를 풀지 않았다.

언어를 주고받았을 뿐 그와 한 번도 대화를 나눈 적이 없다. 나는 그가 무겁게 깨닫기를 바랐다. 사람의 마음을 얻지 못하면 아무리 상대가 예의 바르고 존중하는 말을 건네더라도 그건 철저하게 외면하는 말에 지나지 않는다.

말에는 표정이 있고, 그 표정은 감정을 투영한다. 말의 표정이 관계의 거리다. "김 병장님, 사격 훈련 있습니다"에는 표정이 없다. "김 병장님, 사격 훈련이지 말입니다"에는 교감을 확인하는 표정이 있다. "점심 뭐 먹을까?"와 "우리 뭐 먹을까?"는 다르다. 말의 뉘앙스, 어감(語感)은 마음의 표정이고, 감정의 거리다. 누군가가 당신에게 감정을 배제한 공식적이고 사회적인 언어를 계속 사용하고 있다면 빨리 관계의 거리를 살펴야 한다.

말로 존중하고 말로 칭찬하고 말로 인정하기는 쉽다. 그러나 상대의 마음에 1밀리미터 다가서는 건 달나라 가는 궤도를 구하는 공식만큼 어렵다. 마음 한 줌을 얻지 못하면 백 마디 아름다운 말이 내 것이 아니다.

언어의 화학

학교에서 배우는 화학 과목이 오래전 연금술(鍊金術)과 연단술(鍊丹術)에서 비롯되었다는 이야기는 나에게 꽤 흥미로운 주제였다. 연금술은 쉽게 말하면, 흔하고 하찮은 금속을 희소하고 값비싼 금으로 바꿀 수 있다는 믿음에서 시작됐고, 연단술은 단사(丹砂)라고 하는 붉은색 기운이 도는 천연 광석(황화물로 주성분이 황과 수은)을 원료로 삼아 영원히 죽지 않는 영약을 만들겠다는 욕망에서 시작됐다. 아이러니하게도 고대의 많은 왕들이 불멸을 꿈꾸며 수은과 납을 마시고 제명보다 일찍 죽었다.

지금은 허무맹랑한 신비주의나 사이비 과학으로 치부되

지만 연금술은 중세 과학자들에게 솔깃한 가설이었다. 만유인력의 법칙을 확립한 아이작 뉴턴도 한동안 연금술에 빠져 지냈다고 전해진다. 연금술은 천 년이 넘게 이어졌다. 덕분에 각종 화학물질의 발견과 실험 도구의 발명이 계속됐고, 이를 바탕으로 근대 화학이 탄생할 수 있었다.

화약은 우연한 발명이 아니라 연단술의 부산물이다. 도사로 불렸던 연단술사들은 화약을 터트려 폭발음과 함께 펑 하고 나타났다가 매캐한 화약 연기와 함께 사라졌다. 화약 덕분에 도사는 도술을 부리는 초월적인 존재로 군림했다. 동양에 도사가 있다면 서양에는 마법사가 있다. 나는 마법사들의 출신 성분이 연금술사였을 것으로 추측한다. 연금술사들은 철이나 구리 같은 금속을 사람과 같은 유기체라고 생각했던 모양이다. 그래서 아무리 천한 사람이라도 신의 은총을 받으면 천국에 갈 수 있듯이 보잘것없는 금속도 신성한 돌의 세례를 받으면 고귀한 황금이 될 수 있다고 믿었다. 연금술사들은 이 신성한 돌을 '현자의 돌(Philosopher's stone)'이라고 불렀다.

화학을 이르는 '케미스트리(chemistry)'와 연금술을 가리키는 '알케미(alchemy)'는 용어에서도 밀접하게 연결돼 있다. 나는 케미스트리라는 단어가 화학이나 화학반응을 뜻하지만, '사람 사이의 화학반응'이라는 의미도 있다는 사실에 주목한다. 물질만 화학반응을 일으키는 게 아니다. 연금술은 신비한 힘이나 마력으로 풀이되기도 한다. 도사와 마법사는 무언가를 변하게 만들 때 반드시 주문을 왼다. 이는 매우 상징적이고 중의적이다. 염원하는 말이나 기도하는 말 없이는 어느 것도 변하지 않는다. 샤먼이나 제사장 같은 신의 대리인들은 영적 교류의 도구로 말을 사용했고, 또 그들이 계시를 받아 내놓은 신탁도 예언의 형태였다. 인간 세상은 일찍이 말의 힘을 아는 자들의 다스림 아래 있었다.

요즘은 서로 합(마음)이 맞거나 대화가 잘 이루어지는 경우에 '케미가 맞다'고 한다. 사람 사이의 화학작용, 말이 잘 통하고 마음이 조화를 이루면 그것이야말로 연금술이고 연단술인 시대가 되었다. 말도 물질처럼 공유되고 결합되는 속성을 가진다. 끓거나 얼거나 녹기도 한다. 기체로 날아오르기도 하고 액체로 출렁이기도 하고 고체로 가라앉기도 한다. 어떤 말은 단칼에 결합을 끊고, 어떤 말은 심장을 얼어붙게 하고, 어떤 말은 몸을 공중으로 띄워 올리고, 어떤 말은 이온 음료처럼 흡수되고, 어떤 말은 납덩이처럼 심해에 가라앉는다. 사랑한다는 말에는 부력이 작용하고, 헤어지자는 말에는 수증기가 가득하고, 그것밖에 안 되느냐는 말에는 쇳덩이가 달려 있다.

우리는 매일매일 말의 연금술에 몰두한다. 오늘 어떤 사람은 당신이 미치도록 보고 싶다는 화학의 말로 상대의 심장을 설탕물같이 녹이는 데 성공하고, 어떤 아이는 세상에서 엄마가 제일 예쁘다는 화학의 말로 엄마의 허파에 헬륨 가스 같은 물질을 불어넣는 데 성공한다. 어떤 말들은 일산화탄소를 잔뜩 머금고 있다. 그 말들은 색깔도 향기도 맛도 없이 스며들어 숨 막혀 죽게 만든다. 살려면 신선하고 맑은 말을 쐬어야 한다. 활짝 열리는 창문 같은 사람을 만나 마음을 환기해야 한다.

나는 말과 물이 화학적으로 무척 유사한 물질이라고 생

각한다. 아기 때는 몸속 80퍼센트가 물이지만 점점 나이가 들면서 그 비율이 50퍼센트 정도로 떨어진다고 한다. 아기 때는 피부가 촉촉하지만 노화가 진행될수록 피부가 쪼글쪼글 건조해진다. 아이들의 말은 탱글탱글 톡톡 튀지만 어른들의 말은 윤기를 잃고 무겁게 가라앉는다. 물을 공급받은 세포가 산소와 영양소를 체내 곳곳에 운반하며 돌아다니듯 말도 몸속을 돌아다닌다. 대부분 타인이 내게 준 말들이다. 그러므로 내 말은 타인의 몸속에 들어가 있다.

오늘 내가 하는 말에 몇 퍼센트의 산소가 함유돼 있는가. 나를 살리고 타인을 살리는 말이 내 몸속에 저장돼 있어야 한다. 연금술이란 게 별것 없다. 그 사람을 빛나게 해주는 말 한마디면 충분하다. 연단술이란 게 별것 없다. 그 사람을 숨 쉬게 하고 살리는 말을 아끼지 않으면 된다. 어느 때는 청량한 물로, 어느 때는 뜨거운 피로, 어느 때는 달큼한 과즙으로 스며들면 된다. 오늘 당신이 제조한 불사의 언어, 당신이 발견한 현자의 언어는 무엇인가.

지금 하는 말

말 그릇이 번지르르한 사람 곁에는 사람들이 몰린다. 말을 담아낸 그릇이 고상하고 화려해서 먹음직스럽다. 우리는 종종 말이 담긴 모양을 보고 좋고 나쁘고를 판단하는 실수를 범한다. 넥타이를 매고 멋진 양복을 입은 자가 말하면 고개를 끄덕이며 귀담아듣고, 허름한 옷을 입은 자가 말하면 귀를 닫아걸고 믿지 않는다. 직위가 높고 전문가라는 자가 말하면 쉽게 믿고, 직위가 낮고 비전문가인 사람이 말하면 무시해버린다. 음식 맛이 아니라 그릇의 외관에 너무도 쉽게 속아 넘어간다.

사람의 어리석음은 이뿐만이 아니다. 백 마디의 좋은 말보다 나쁜 한 마디의 말에 자신의 기분을 온통 맡겨버릴 때가 있다. 이것은 생의 낭비다. 내면의 평화를 연습하지 않으면 인생은 악마의 말 한마디에도 함락될 수 있다. 인간은 우주 정거장을 건설할 수 있지만 자기 안의 감정과 마주할 탁자 하나 들여놓기가 어렵다.

인간의 말은 빙하기를 끝낼 수도 있고, 지구를 멸망하게 할 수도 있다. 인간은 말에 분노를 담을 수도 있고, 병균을 주입할 수도 있고, 약을 넣을 수도 있다. 어떤 동물도 식물도 할 수 없는 일을 인간은 말 한마디로 해낼 수 있다. 인간은 침묵으로도 말한다. 말하기보다 침묵을 지킴으로써 더욱 강렬한 인상을 남기는 경우도 있다. 말을 응축하고 닫음으로써 그 어떤 말보다 더 깊게 각인시킨다.

존자 달라이 라마가 말했다.

"일 년 중에 아무것도 할 수 없는 날은 단 이틀뿐이다. 하루는 '어제'이고 또 다른 하루는 '내일'이다. 오늘은 사랑하고 믿고 행동하고 살아가기에 최적의 날이다."

우리는 오늘 말할 수 있고, 오늘 살릴 수 있고, 오늘 약속할 수 있고, 오늘 행동할 수 있다. 가장 값진 말은 어제 한 말이 아니고, 가장 위대한 말은 내일 할 말이 아니다. 지금 하는 말이 가장 아름답고 거룩하고 위대하다. 그러므로 지금 말하되, 지금 하는 말을 가장 조심해야 한다.

자주 생각하는 방향으로, 마음을 기울인 대상을 닮은 모습으로 삶은 물들게 마련이다. 어느새 내게 스며든 말이 있다. 내가 그 말투를 따라 하고 즐겨 쓸 때 내가 그것에 길들여졌음을 알게 된다. 둘 사이에는 애칭이 생겨나고 은어가 만들어진다. 사랑은 그렇게 그 사랑에 맞는 새로운 언어를 갖는다. 지금에만 할 수 있는 사랑의 말이 있다면 당신은 무슨 말을 하겠는가? 내가 수많은 천체 중에서 오직 당신을 나의 별이라고 부르듯 당신은 그 누구도 아닌 나를 원한다고, 그것도 가장 싱싱한 지금의 사랑으로 그리워한다고 말해주면 좋겠다. 그게 아니라면 지금은 다 말할 수 없어 침묵으로 말하겠다고 대답해주면 좋겠다. 침묵이 얼마나 큰 하늘인지 나는 알고 있으니.

당신이 하지 않은 말

어떤 일을 두고 할 것인지 말 것인지 갈등될 때가 있다. 그럴 때 나는 노트에 그 일을 해야 하는 이유와 하고 싶지 않은 이유를 적어본다. 일의 이익과 불리를 따져보면 내가 해야 하는지, 할 수 있는 일인지 좀 더 뚜렷해진다.

조건만 된다면 인간은 뭐든 하고 싶어 하는 동물이다. 욕망하고 시도하고 채워가는 과정이 삶이니까. 물론 제약 조건 때문에 욕망하는 것을 다 시도하지는 못한다. 그것 또한 삶의 묘미다. 그래서 인생은 세 가지 조건으로 구성된다. 하는 것, 하지 못하는 것, 그리고 하지 않는 것.

하는 일과 하지 못하는 일은 잘 보인다. 하는 일은 경험이라서 몸이 기억하고, 하지 못하는 일은 슬프고 우울하고 화나서 마음에 꽁하고 남아 있다. 그런데 하지 않은 일은 몸에도 마음에도 흔적이 없다. 일을 말로 바꿔보면 더 확연해진다. 내가 하는 말과 하지 못한 말은 기억이나 심중에 박혀 남아 있는데, 내가 하지 않은 말은 하지 않았으므로 알 턱이 없다. 사람은 상대방이 '한 말'에 대해서 몸통이 흔들릴 만큼 깊게 반응하고, 상대방이 '하지 못한 말'을 헤아려 들어주는 신통력을 발휘하기도 한다. 그런데 '하지 않은 말'에 대해서는 미처 생각해보지 않는다. 상대방이 하지 않은, 내가 듣고 싶지 않은 말들. 나의 수치스러운 과거나 트라우마나 콤플렉스라고 여기는 약점을 건드리는 말들. 나를 비난하고 존중하지 않는 말들.

관계에 균열이 생겨 헤어지는 사람들이 특히 많이 사용하는 말이 있다고 한다.

"그거 네 일이잖아."

"너, 그것밖에 안 되는 사람이었어?"

"넌 변했어."

관계를 맺게 되면 서로 의존하게 되고, 각기 맡게 되는 역할이 생긴다. 나의 일과 너의 일이 생기면, 보이지 않는 책임이 따른다. 문제는 그 역할과 책임이 사회생활처럼 명확하게 나눠지 않는다는 데 있다. 사적인 관계에 도사리는 그 불분명한 경계가 늘 말썽이다. 설혹 둘 사이에 역할 분담에 관한 합의가 있었더라도 잘 지켜지지 않거나 떠넘기는 상황이 비일비재하게 일어난다. 합의가 오히려 불신을 초래하게 된다. 관계에 불신이 쌓이면 결국 독한 말들을 내뱉는다. 넌 변했다고 최후통첩을 날리게 된다.

그런데 수많은 지구인의 증언에 따르면, 그 사람은 언제나 그 사람이다. 사람은 늙거나 쇠해질 뿐 다른 사람으로 변질되거나 변형되지 않는다. 몸의 변화에 따라 행동이 느려지고 열정이 사그라들 뿐, 그가 가지고 있는 본성이나 습성이나 관념은 점점 고착되면 고착됐지 잘 바뀌지 않는다. 정말 변한 것이 있다면 사람이 아니라 상황과 환경이다. 혹은 내가 미처 몰랐던 원래 그 사람으로 되돌아간 것일 뿐이다. 이 바뀐 상황을 인정하지 못하는 것, 그 사람의 본모습을 대면하는 게 두려운 것, 이것이 관계의 비극이다.

사람은 사랑하는 사람에게서 듣는 아픈 말 때문에 시들고 병들고 앓는다. 그런데 그가 하지 않은 말 때문에 기뻐하거나 행복해하지는 않는다. 나는 아직껏 사랑하는 사람에게 저런 불신의 말을 들어본 적이 없다. 그것이 얼마나 고마운 일인지 알고 있다. 그들이 저런 말을 하지 않는 것은 그들의 인품 덕분일 것이고, 내가 저런 말을 듣지 않기 위해 늘 사랑의 각오를 다지기 때문일 것이다.

우리는 하는 일, 하는 생각, 하는 말에 거의 모든 에너지를 쏟고 신경을 집중한다. 어쩌면 인생은 하는 것이 아니라 하지 않는 마음, 하지 않는 말에 진면목이 있는지도 모른다. 사랑하기 때문에 무언가를 하지 않는 것. 사랑을 증명하기 위해서 좋아하는 무엇을 하는 만큼, 싫어하는 무엇을 하지 않는 것. 그 깊은 마음은 사랑을 그윽하게 만든다.

2부

마음의 날씨

우리는 사랑 없이는 살 수 없고,
사는 동안 마음의 거리를 좁혀가는 일을
멈출 수 없으므로.

삶에 응답하는 중

"뭐 하는 중이야?"
"응. 만화책 보고 있어."

"뭐 공부하고 있었어?"
"응. 영어 숙제 하는 중이었어."

"그 친구랑 어떻게 됐어?"
"응. 고백 받아줘서 연애 중이야."

'중'은 지금 진행되고 있는 상태나 동안을 말한다. 임신 중이라거나 잠자는 중과 같은 어떤 상태에 있을 때, 그리고 근무 중이라거나 술 마시는 중과 같은 무슨 일을 하는 동안을 말한다. 여럿의 가운데를 뜻하기도 한다. '중'은 정말 다양하게 쓰인다. 먹고 마시고 노는 중이라고 쓸 수도 있고, 버티고 힘내고 애쓰는 중이라고 쓸 수도 있고, 이별 중이라고 쓰기도 하고, 다 와가는 중이라고 쓰기도 한다.

모든 인생은 와중이나 도중이나 진행 중에 있다. 그 삶이 끝나면 더 이상 중을 쓸 수 없다. 죽음에는 중을 붙일 수가 없다. 입원 중, 수술 중, 회복 중의 반대는 사망이나 영면이지, 사망 중이거나 영면 중은 없다. 그래서 살아서 하는 모든 행위는 '중'이다. 그게 너무 당연해서 중을 생략한다.

생각한다는 생각하는 중이고 외롭다는 외로워하는 중이고 사랑한다는 사랑하는 중이고 힘들다는 힘들어하는 중이라는 이야기다. 그러다 과거형이 되면 그동안의 시간이 납작하게 압축된다. 외로웠다는 외로웠던 적이 있었다는 것으로, 그리웠다는 그리워했던 적이 있었다는 것으로, 사랑했다는 사랑했던 적이 있었다는 의미로 대수롭지 않게 축약된다. 그 내면이야 어떻건 도중이 생략되면 담담해지고 그저 지나간 일이 된다.

나는 지금 어떤 도중인가? 나는 지금 무엇을 하는 와중인가? 인생이란 이 질문에 대한 대답을 모아놓은 것이다. 길거나 짧게 하는 일이 있고, 느긋하게 하거나 서둘러 하는 일이 있다. 싫어도 어쩔 수 없이 하는 일이 있고, 좋아서 밥 먹는 것도 잊고 하는 일도 있다. 어쨌거나 인생은 목숨이 붙어 있는 동안이므로 그 모든 일이 '살아 있는' 와중에 벌어지는 사건들일 테다. 삶 중에 당신을 만나서 사랑하는 중이고, 당신과 무언가를 먹는 중이다. 밥값을 벌어야 해서 일하는 중이고, 이왕 하는 일이라서 잘하기 위해 애쓰는 중이고, 애쓰다 보니 재미도 있어서 아직도 하고 있는 중이다.

친구는 내게 전화하면 뭐 하고 있느냐고 그것부터 묻는다. 아무것도 안 하고 있다거나 만화책을 보고 있다고 대답하면 심심하게 뭐 하냐고 한다. 같이 놀게 나와. 혼자 있는 중에서 친구랑 노는 중으로 바뀐다. 친구 동네에서 친구랑 노는 중에 친구랑 아는 여자애를 만나 첫눈에 반한다. 친구랑 노는 일에 관심이 점점 꺼지는 중이고 그 여자애에게 자꾸 설레는 중이다. 모든 게 그렇게 도중에 시작된다.

누군가는 어쨌거나 그 많은 사람 중에 한 사람과 결혼하고, 현재 누군가는 같이 사는 중이고, 누군가는 헤어지는 중이다. 누군가는 아직도 혼자 사는 중이고, 누군가는 막 새로 시작하는 중이다. 어떤 중이건 그 중들이 보태지고 모아져서 살아가는 중이 되므로 우리는 그 중을 허투루 쓰면 안 된다는 약간의 상투적인 교훈을 얻으면 된다.

나는 침대에 앉아 이 글을 쓰는 중이고, 그 여자애는 내가 모르는 사람의 곁에서 드라마를 보는 중일지도 모른다. 우리는 각자 어디선가 살아가는 중이다. 열심히 자신의 삶에 응답하는 중이다.

마음의 말을 배우는 시간

가슴어라는 외국어가 있다. 필수과목인데 학교나 학원에서는 가르치지 않는다. 우리가 일상에서 사용하고 배우는 모든 언어는 머리가 주관한다. 머리어다. 머리로 기억하고 머리로 생각하고 머리로 말한다. 가슴어는 머리로는 이해되지도 들리지도 않는다. 오직 가슴으로만 전해지고 가슴으로만 해석된다.

"아빠, 나 오늘 학교 안 가면 안 돼?"

딸아이가 힘이 빠진 목소리로 물었을 때 나는 단호하게 말했다.

"안 돼. 학교는 가기 싫다고 안 가고 그러는 데가 아니야."

딸아이의 가슴어를 나는 머리로 들었고 머리어로 말했다. 나는 지금껏 그 말을 두고두고 후회한다. 학교는 빠져도 되는 곳이고, 안 가고 싶은 이유가 분명 있었을 텐데 그걸 물어보지 않았다. 내가 회사를 빠지지 않는다고 훌륭한 사람이 되는 것도 더 많이 버는 것도 아니듯 학교를 하루 빠진다고 아이의 인생이 망가지는 것이 아닌데 말이다. 결석하지 않아야 성실한 어린이이고, 좋은 평가를 받아야 좋은 어른이 될 수 있다는 낡고 그릇된 관념이 내 삶을 지배하고 있었던 모양이다.

"죄송하지만, 그건 어렵겠습니다."

누군가에게 거절의 말을 듣고 또 누군가에게 거절의 말을 할 때마다 섬뜩하다. 거절당하는 일이 어른의 세계에 다반사로 많다. 적어도 아이가 어릴 때만이라도 거절하지 말아야 했다는 자책감. 당연히 된다고, 그래도 괜찮다고 말해줬더라면 얼마나 좋았을까. 그날 하루, 놀이터의 그네도 독차지하게 하고 한산한 놀이공원에서 줄 서지 않고 마음껏 놀이 기구를 타고 같이 놀았다면 얼마나 좋았을까.

늦은 저녁에 술 한잔 하자고 친구가 전화를 해왔다. 내가 술을 즐겨 하지 않는 걸 알면서도 전화했을 때는 분명 무슨 긴한 이야기가 있는 것이다. 그게 아니라면 사람이 고프거나 두통처럼 그리움 같은 게 왔을 테다.

"어쩌지? 나 퇴근해서 집에 와버렸는데……."

사이를 차단하는 말이 내 입에서 먼저 나와버린다. 다시 차려입고 시내로 나가는 게 성가셔서 미리 머리가 계산한 것이다. 가슴으로 들었다면 내 대답이 달라졌을 것이다.

"너, 무슨 일이 있나 보구나. 거기가 어딘데?"

가슴어는 점점 사어가 되어가고 있다. 가슴어가 사라져가는 이유는 서로 자신의 말만 하고 상대의 마음을 듣지 않기 때문이다. 가슴어란 말하기보다 듣기가 훨씬 중요한 언어다. 가슴어는 일상어와 같은 어휘를 써도 의미가 완전히 다르고 반어법에도 능숙하다. 사랑하는 사람이 메뉴를 고를 때 '아무거나'라고 말하면, 이는 '내가 늘 좋아하는 그것'이라는 의미다. 그 사람이 '아무렇지 않아, 괜찮아' 하고 말하면, 그것은 '괜찮지 않아, 나 좀 봐줘'라는 뜻이다.

가슴에 못 박히고, 가슴이 미어지고, 가슴이 아려오는 일들이 실은 가장 가까운 사람 때문에 생긴다. 가슴과 가슴이 가까운 듯싶지만 뜨거운 듯싶지만 철벽 같고 얼음덩어리 같을 때가 있다. 이유는 단 한 가지뿐이다. 가슴어를 가슴으로 듣지 않으려 할 때.

나를 지키는 말들

길을 잘못 드는 때가 있다. 으슥한 골목길이었다. 불량배들이 나를 둘러쌌다. 나는 연약했고 겁이 났고 처음 당하는 일이라 어찌할 줄을 몰랐다. 호주머니와 책가방의 소지품들을 탈탈 털렸다. 한 녀석이 내 가방을 거꾸로 들고 쏟았다. 나중까지 오래도록 떠오르는 건 불량배들의 인상착의가 아니었다. 땅바닥에 나뒹구는 소지품들의 환하고 처참한 몰골, 주먹질을 피해 잔뜩 웅크린 나의 비굴한 자세.

다음 날 담임선생님에게 이 일을 알렸다. 억울했고 아직도 떨렸고 울먹이는 목소리가 나왔다. 그런데 선생님이 대수롭지 않게 말했다.

"네가 조심했어야지. 친구들과 같이 다니지 않고 혼자 다니니까 그렇지. 앞으로는 큰길로 다녀."

나는 다시 또 책가방을 털리고 있었고, 날아드는 주먹을 피해 웅크리고 있었다. 나는 억울했는데 선생님은 그게 내 잘못이라고 확실하게 정리했다. 그렇게 나는 폭력의 피해자가 되지 못했다.

사회생활에도 잘못 든 으슥한 골목길 같은 관계가 있다. 그걸 한눈에 알아보고 피하기는 어렵다. 마각을 드러내기 전까지 그들은 평범한 사람들과 별 차이가 없기 때문이다. 그들은 지능적이고 예의 있다. 쉽게 저항하기 힘들다. 은연중에 태도를 가르치려 들고, 은근하게 직업이나 능력을 깎아내리고, 티 나지 않게 자신이 베풀고 있음을 생색내고, 자연스럽게 권위를 내세운다. 뭔가 불편하고 지분거리는데 그 말이나 행동을 바로 반박하거나 제지하기에는 애매하다. 그들은 적당하게 예의 있고, 적당하게 농담과 진담의 경계를 넘나들고, 적당하게 온화한 눈빛과 웃음으로 포장돼 있기 때문이다. 분명 무시당했는데 공론화하면 내가 분위기 파악 못하는 옹졸한 사람이 될 것 같은 느낌.

그래서 나는 관계를 끊어내지 못했고, 한동안 상대에게 끌려다녔다. 오히려 상대를 너그럽게 받아들이려고 애썼고, 나의 태도에 주의하고 상대의 비위를 거스르지 않게 신경 썼다. 나는 그렇게 심리적 약자가 돼 스스로를 학대하고 있었다. 문득 그 골목길이 떠올랐다. 그때 나의 선생님에게 회복하지 못한 비굴이 어느새 나의 근성이 되었구나.

만일 그때 선생님이 "이런 나쁜 자식들!"이라고 한마디만 해줬더라면 어땠을까? 그들은 범죄자고 너는 피해자라고 분명하게 알려줬더라면 어땠을까? 그랬다면 나는 억울함과 수치스러운 기억에서 벗어났을 것이다. 골목길이 아니라 폭력이 문제였음을 인식했을 것이다.

세상이 멸망하지 않는 한, 그런 악한도 폭력도 사라지지 않을 것이다. 그러나 서로를 지켜주는 말들이 늘어난다면 정의는 쓰러지지 않고 끝까지 맞설 것이다. 그 골목길의 아이를 만나면 당신은 아이의 손을 잡고 분명하게 말해주면 된다. 그건 절대 네 잘못이 아니야!

고요의 원리

끌리는 대상이 있다. 딱히 이유를 대기가 힘든데 자꾸 끌리는 사람이나 물건이나 장소. 내게는 절집이 그런 장소에 속한다. 나는 선암사에 자주 갔다. 부처님을 만나러 간 건 아니고 절 마당이 좋아 저물녘까지 있다 돌아오곤 했다. 뒤란에 있는 오래된 매화나무와 입구에 있는 수국도 좋아했다. 다른 절들도 다녔다. 해남 미황사 동백 숲도 좋았고 가지산 석남사 요사채에 내리는 비도 좋았다.

나는 고요가 좋았던 것이다. 절에는 고요가 살고, 그 고요는 희고 환한 걸 좋아해서 주로 마당에 서식한다. 절집 후미진 뒤편으로 가면 어디나 출입을 막아둔 표지가 눈에 띈다. 나는 '묵언 수행 중'이라는 푯말이 가장 좋았다. 스님들도 고요를 좋아해서 고요를 닮는 연습을 하는 거라고 생각했다. 절 마당처럼 희고 환해지고 싶어서 고요의 원리를 연구하는 거라고 짐작했다.

묵언은 어떻게 말할까를 배우는 과목이다. 성내지 않고 들뜨지 않고 참답게 말하는 궁극의 언어다. 마음의 말에 닿으려고 수행 푯말을 내건 사람들이 저 안에 있다. 돌아서 나오면 절 마당 어귀의 후박나무도 배롱나무도 묵언 수행 중임을 눈치채게 된다. 법당 처마에 달린 풍경도 공양간을 드나드는 방문객도 구름처럼 고요를 연습하고 있다.

말하지 않는 것이 말하는 것보다 어렵다. 문을 걸어 잠그고 정진을 거듭해야 할 정도니까. 내가 고요에게 배운 것이 있다면 말할 때 잠잠함을 유지하는 법이다. 말을 전하려고 애쓰지 말고 마음을 보여주라는 것이 고요의 가르침이다. 절집에 가면 마당이 환하고 연못의 연꽃이 환하고 스님의 깎은 머리가 환하다. 그것들이 다 유리창이다. 말없이 투명하게 보여준다. 그렇게 고요에게 한 수 배우고 돌아오면 나는 한동안 말수가 준다. 그때는 더 많은 소리가 들리고 더 많은 마음이 보인다. 말로 다 설명할 수 없어 고요의 원리를 더 알려주지 못하겠다. 알아서들 고요와 사귀시기를.

은유는 아름답지 않다

처음 출판 계약서를 쓰게 되었을 때 계약서에 나는 '갑'으로 출판사는 '을'로 표기돼 있었다. 좋은 이름을 놔두고 왜 굳이 나를 갑으로 둔갑시키려는 걸까? 계약서의 의도가 궁금했다. 나는 최대한 정중하고 예의 바르게 을에게 문의했다. 이렇게 하지 않으면 자칫 갑도 아닌 것이 갑질한다고 오해받을 우려가 있으므로. 별다른 뜻이 있는 건 아니고 지금껏 그렇게 해온 관행이라는 답변이 돌아왔다.

나는 수긍하지 못했다. 갑과 을의 계약서는 사람이 빠진 계약서라서 결코 유쾌하지 않았다. 계약은 서로의 유익과 조화를 추구하는 약속이어야 한다고 생각했다. 건조하고 딱딱한 법적 서류라 해도 사람의 마음과 사람의 일을 다룬 것이라고 생각했다. 원칙과 상도의를 앞세워 서로의 권리와 책임을 규정한 서류라 해도 사람을 빼고 갑을로 대신하는 것이 과연 옳을까 의문을 가졌다. 나는 조심스럽게 제안했다. 갑의 자리에 내 이름을 넣고, 을의 자리에 그쪽 대표자의 이름을 넣으면 안 되겠느냐고. 서로의 위치가 미리 정해진 갑을이 아니라 동등하게 사람과 사람으로 계약하고 싶다고 말했다.

관행이란 해오던 대로 관례에 따라서 하면 되는 편리함이 있지만, 따지고 보면 '생각하고 싶지 않음'을 실토하는 말이다. 원칙이란 것도 그렇다. 한번 정해지면 바꾸기 어렵고 행동을 제약한다. 처음 생겨날 때 원칙은 하나의 점이 아니라 하나의 원이었을 것이다. 모두를 위해서 모두가 따를 수 있는 공평과 정당함을 전제로 만들어졌을 것이다. 그러나 관행과 원칙은 어느새 날개를 묶는 족쇄가 된다. 다른 발상과 새로운 시도를 쉽게 용납하지 않는다. 그것들은 막강한 힘을 가지고 있다. 그 힘은 습관대로만 살려는 생각하기 싫어하는 사람들이 무의식중에 빼앗긴 자신의 영혼이다.

생각을 빼앗아가는 괴물들이 우리 곁에 무수히 많다. 그것들은 언어의 형태를 취하고 있다. '갑을'처럼 생각 없이 받아들이면 곧 정신을 지배하고 판단을 마비시킨다. 그것들은 대개 은유의 형식을 차용해 은밀히 파고든다. '노동 유연화'는 유연하게 일하자는 말처럼 들리지만 실은 '구조조정'과 같은 사업주를 위한 '쉬운 해고'의 은유다. '세금 폭탄'이란 말도 무서운 말이다. 세금은 아름다운 원칙이다. 십시일반 모아서 좋은 일에 쓰는 것, 가진 자는 더 내서 못 가진 자를 돕고 서로 균형을 맞추어 같이 살자는 아름다운 취지다. 그걸 깡그리 부정하기 위해 음흉한 의도로 '세금은 폭탄'이라는 은유가 제조되어 유포된다. 이제 호혜적이고 이타적인 세금의 목적은 사라지고, 억압과 수탈의 도구로 상징화된다. 은유는 더 이상 아름답지 않다.

우리가 사는 세상은 말의 전쟁터다. 고도로 계산되고 정치(精緻)하게 위장한 말들이 생활 곳곳에 침투해 있다. 생각 없이 곧이곧대로 그 은유의 말들을 받아들이면 당장은 편하고 당장은 좋을지 모른다. 하지만 그 말들은 결국 정신을 갉아먹는다. 세상에 갑인 인간도 을인 인간도 없다. 말의 표면에 속으면 진다. 말의 분명한 주인은 사람이고, 말을 사용하는 자는 반드시 말의 진의를 파악하고 이겨내고 다스려야 한다.

고픈 게 아픈 것보다 더 아프다

엄마가 불쑥 말했다.

"아프게 하는 것보다 고프게 하는 게 더 나빠."

배추를 절이려고 배춧잎 속에 소금을 팍팍 뿌려대는 중이었다. 나는 엄마가 시켜서 마늘이랑 양파를 까고 있었는데 찔끔찔끔 눈물이 나왔다. 김치를 담그다가 웬 맥락 없는 소린가 싶어 물었다.

"엄마, 배고파?"

엄마가 배꼽을 잡고 양파꽃처럼 흐드러지게 웃었다. 나는 엄마가 웃는 걸 보면 기분이 뭉게뭉게 피어오른다. 한참 웃더니 엄마가 말했다.

"니는 어려서 말해줘도 몰라. 니가 고픈 걸 알겠나?"

나중에 커서 엄마의 그 말이 무슨 뜻인지 알게 됐다. 정말이었다. 고픈 게 아픈 것보다 훨씬 더 아팠다. 아픈 건 참겠는데, 아프게 하는 일들은 지나가는데, 고프게 하는 일들은 참기 어렵고 두고두고 힘들게 했다. 사랑에 고플 때가 그랬고, 보고플 때가 그랬고, 인정에 고플 때, 칭찬에 고플 때, 사람에 고플 때가 그랬다. 먹어도 먹어도 채워지지 않는 그런 허기가 있었다.

나는 엄마의 말대로 고프게 하지 않는 사람으로 살려고 애썼다. 같이 살고 싶은 여자를 만났을 때, 나 때문에 고프게 하지는 말자고 다짐했다. 첫 아이와 만났을 때 비록 유산은 못 물려줘도 사랑이 고프게 하지는 말자고 다짐했다.

그렇지만 지금도 의문이다. 엄마는 도대체 왜 배추에다 대고 나쁘다고 한 건지, 누가 들으라고 소금을 팍팍 뿌려댄 건지, 왜 눈물이 들어간 김치는 더 맛난 것인지.

그 거짓말, 정말인가요?

"응, 괜찮아." 엄마는 늘 괜찮다고 했다. 끙끙 앓으면서도 그랬다. 엄마의 거짓말은 나를 사랑하는 방식이었을 테다. 나는 "엄마, 괜찮아?" 하고 묻지 말았어야 했다. 그렇게 물으면 '괜찮다'라는 말에 달라붙은 긍정의 기운 때문에 괜찮아 하고 답하기가 쉽다. "엄마, 어디가 아파?" "엄마도 힘들지?" 하고 물었어야 했다. 그러면 엄마도 "그래, 엄마 아파." 하고 솔직하게 답했을지 모른다. 그러면 나는 일찍 알았을 것이다. 엄마도 나처럼 아플 수 있는 존재라는 걸.

◆

"돈이 뭐가 중요해." 어른들이 자주 하는 거짓말이다. 철

없이 살 때 나는 이 거짓말에 깜박 속아 넘어갔다. 무척 후회되는 일 중에 하나다. 모든 일의 결론은 돈이었고, 돈이 소중한 것들을 지켜줄 때가 많았다. 돈을 좋아하고 돈에 끌려다닐수록 돈의 무서움도 커졌다. 돈 때문에 불행해지고 목숨을 끊고 죽이는 일들이 자주 뉴스에 나왔다. 돈에는 행복도 고통도 기쁨도 우울도 없지만 사람들은 그걸 돈의 속성이라고 착각한다. 그건 내 마음 때문이지 돈 때문이 아니다. 돈이 그 모든 것의 조건이고 행복이나 사랑이 그 결과라면, 새나 나무나 강아지나 구름이나 별들은 불행한 것인가. 나의 고통과 평온은 내 마음이 원인이다. 돈이 뭐가 중요해. 그러므로 이 말은 거짓말이 아니라 진짜로 정말이다. 그렇게 믿어야 한다. 마음을 더 믿어보기로 하자.

◆

"내가 그 사람을 좀 아는데 말이야." 나는 이렇게 서두를 꺼내는 사람을 경계한다. 그 사람을 정말 아는 사람이면 아예 저런 말을 하지 않는다. 사람은 그 사람이 어떤 사람인지 잘 모르기에 사랑할 수 있다. 속속들이 그 사람을 안다면 좋아 죽을 만큼 징그럽게 사랑하지 못한다. 완벽하게 좋은 사람은 있을 수 없다. 나도 내가 누군지 잘 몰라서 나라는 인간을 더 알아보려고 시원찮아도 데리고 사는 중이다.

◆

"가만히 있으면 중간이라도 간다." 매우 위험한 거짓말이다. 가만히 있으면 아예 가지 않은 것이지 중간이 될 수 없다. 어떻게든 가야 중간에 도달할 수 있다. 중간은 중앙이고 평균점이고 중심이다. 시시포스처럼 되풀이하면서 바위를 밀고 올라가야 겨우 도달할 수 있는 그곳이 보통 사람들에게는 중간이다. 중간이라고, 보통이라고 무시하지 말아야 한다. 큰코다친다.

◆

"언제 밥 한번 먹자." 이 말은 참 슬픈 거짓말이다. '언제'는 가까운 내일이 되지 못했고, '밥'은 마음을 나누는 여유가 되지 못했다. 그때는 분주함이 관계를 망쳤고, 지금은 바이러스가 사이를 갈라놓았다. 늘 적당한 핑곗거리가 우리 사이에 있었고, 앞으로도 있을 것이다. 우리는 이생에서 만날 수 있을까? 반성하는 의미로 요즘은 이 거짓말을 좀 세련되게 바꿔서 하고 있다. 나의 죄책감을 덜어보려고 주도권을 친구에게 떠넘긴 건 아니니 친구가 오해하지 않기를 바랄 뿐이다. "우리 밥 먹자. 언제 시간 돼? 네가 안 바쁠 때 전화 줘."

◆

"사랑해." 사랑의 관성을 알아채는 때가 있다. 설렘도 없고 눈빛도 흔들리는데 입에서는 사랑한다고 나간다. 사랑에 대한 모독이 분명한데 무슨 사정인지 사랑의 실낱을 붙들고 있다. 이 말이 사랑의 현재가 아니라 사랑해야 한다는 의지를 다잡는 말일 때, 아플까 봐 이별을 늦추고 있는 말일 때, 우리는 너무 멀리 와버린 사랑의 그림자를 본다. 아득하고 공허한 사랑의 발설, 아직은 사랑이라고 믿고 싶은 미련의 잔량. 그 사랑은 거짓말이면서 지독한 연민이다.

◆

"자알 한다!" 엄마 몰래 달고나를 만들어 먹으려고 설탕

통을 꺼내다가 주방 바닥에 와르르 설탕을 쏟았다. 엄마가 자알 한다고 혀를 끌끌 찼다. 나는 헤죽헤죽 웃었고, 웃은 죄로 볼기짝을 세게 맞았다. 물론 자알 한다는 잘한다가 아니다. 하는 짓이 어처구니없고 속상한데 잘한다고 칭찬할 리가 없다. 그런데 나는 왜 그토록 잘한다는 소리가 듣고 싶었던 건지 자알 한다마저 잘한다로, 사랑한다로 바꾸어 들었다. 진짜는 아니지만 위약 효과가 있는 거짓말도 때로 유용하다. 나는 지금도 엄마가 진짜 잘했다고 칭찬한 걸로 굳게 믿고 있다.

◆

"엄마, 이만하면 나 잘 사는 거지?"

"……."

"엄마, 나 잘해온 거 맞지?"

"……."

왜 묵묵부답이실까? 내가 이만큼 살고 나서, 이 정도면 되었지 싶어서 겨우 용기 내 묻는데 왜 대답이 없으실까? 거짓말이라도 좋으니 '응' 한 마디가 듣고 싶은데 그 흔한 사랑의 말이 그리 어려울까? 그깟 대답 한 마디가 얼마나 비싸다고 외면하실까? 천만번도 그렇다고 확인해줄 수 있을 텐데 죽고 나면 죽은 자는 거짓말쟁이가 된다. 영원히 지켜주겠다는 말도 영원히 사랑한다는 말도, 죽고 나면 거짓이 된다. 확인받을 게 있다면, 그것이 특히 사랑이라면 미루지 말고 당장 확인받아야 한다. 어떠한 진심도 소용없게 된다. 영원은 슬픈 거짓말이니까.

때로는 낯간지러워도 좋다

낯이 간지러울 때가 있다. 낯이 뜨거울 때가 있다.

둘 다 부끄러운 마음을 품고 있다. 낯간지러움에는 쑥스러움과 어색함이 있지만, 낯 뜨거움에는 민망함과 창피함이 있다. 낯간지러움은 오글거리고 닭살 돋을 때 쓰고, 낯 뜨거움은 눈 뜨고 못 볼 짓일 때 쓴다.

뻔히 앞에다 두고 상대를 칭찬하거나 맥락 없이 고백성 대사를 칠 때, 하는 이는 뻔뻔해지고 듣는 이는 낯간지러워지고 제삼자는 오글거린다. 어쨌든 결과적으로 분위기는 애매한 가운데 화기애애해진다.

사람마다 간지럼을 타는 급소가 있다. 사랑하는 사이에는 간지럼을 태우는 일이 잦다. 급소를 급습하면 쉽게 웃음을 유발할 수 있다. 아이들은 목덜미나 겨드랑이에 손을 넣자마자 흰 목련처럼 터진다. 간지럼을 참는 '눈치 0단'도 있다. 완전 얄밉다. 더 예리한 공격을 감행하는 수밖에. 그러다 웃음보가 터지면 숨넘어갈 듯 자지러질 수도 있다.

간지럼이 그렇듯이 낯간지러운 말도 참으면 안 된다. 그 어색한 부끄러움이 사랑을 윤활하게 만든다. 대낮에 해도 되고 일평생 해도 되고 꽃다발 없이 해도 되고 밥을 먹으면서 해도 되고 술 먹지 않고 해도 되고 귓불에 대고 해도 된다. 어설프고 무뚝뚝하게 해도 문제없다. 하고 나면 잠깐 화끈거리고 뜨거워질 뿐 생명에 지장이 없다.

사랑은 수시로 확인되어야 한다.
봄이 벚나무에 간지럼을 태워 꽃 사태를 일으키듯이
낯간지럽고 화끈거리는 말들이 사랑의 온도를 올린다.
가장 정확한 마음은 당신이 하는 고백으로 확인된다.

마음보다 말이 앞설 때

내 뒤에서 걷지 마라.
난 그대를 이끌고 싶지 않다.
내 앞에서 걷지 마라.
난 그대를 따르고 싶지 않다.
다만 내 옆에서 걸으라.
우리가 하나가 될 수 있도록.

이 잠언시의 출처는 인디언 유트족이다. 나는 이 시를 가끔씩 되뇌어보곤 한다. 유트족이 말하는 '그대'는 자신의 영혼일 수도 있고 사람일 수도 있고 어떤 사상이나 힘일 수도 있다. 나는 '말'이라고 생각한다. 나의 말이 나보다 빠른 경우가 너무 많기 때문이다. 나쁜 말이 퍼지고 한참 뒤에 온 진실의 말이 겨우 오해를 풀어주기도 한다. 나의 말이 나를 앞서거나 나보다 뒤처지지 않고 나와 나란히 걸었으면 좋겠는데, 내가 말하는 것들이 바로 나였으면 좋겠는데.

자신도 모르게 내뱉는 습관적인 말이나 표현이 있다. 나는 그것을 유심히 살핀다. 그 사람의 말이 곧 그 사람이라서 그가 어떤 사람인지 유의미한 정보를 얻을 때가 많다. 사람들은 현상을 있는 그대로 말할 때조차도 자신이 무엇을 원하는지 어떤 삶을 살고 있는지 은연중에 드러낸다. 비가 내리는 것을 두고도 각기 다르게 말한다.

"식물들이 좋아하겠네."

"오늘은 손님이 별로 없겠군."

"길 막히기 전에 서둘러 퇴근해야지."

정황에 따라 저마다 드러내는 욕망과 정서가 다르다. 객관적인 사실을 말할 때도 무심코 자신의 욕구를 투영하고 심리 상태를 고백하고 바라는 바를 예언한다.

사람들은 자신이 어떤 말을 하고 사는지 꼼꼼히 따져보지 않는다. 어떤 생각을 하고 사는지는 아는데 어떤 말을 하는지에 대해서는 무심하다. 말은 성격이 급하다. 마음을 채정하기도 전에 뛰쳐나간다. 내 기분이나 감정을 나보다 더 빨리 알아차리고 입 밖으로 튀어나와 버린다. 그뿐인가. 상대방의 기분이나 생각을 눈치 빠르게 알아채고 선수치고 나간다. 습관적이고 무의식적으로 발설되는 통제 불능의 말들이 너무 많다. 그래서 얼마나 헛헛하고 부질없는 공감과 리액션의 말들이 난무하는가.

가슴보다 말의 속도가 더 빠를 때 말에게 경고해야 한다.

"너무 빨리 달리지 마라, 너의 영혼이 뒤처질 수 있으니."

나는 이 잠언에 덧붙여 나의 말에게 타이른다.

"너무 빨리 말하지 마라. 뒤늦게 도착한 너의 영혼이 진짜 할 말을 잊게 될 수 있으니."

우리는 적당히 외로웠어야 했다

우주에는 수많은 별이 있다. 그 별 중에 하나가 태양이다. 우리가 태양을 별이라고 부르지 않고 태양이라는 고유명사로 부르는 이유는 우리와 아주 가깝기 때문이다. 인간은 자신과 가깝다고 인식하는 것들에 이름을 붙인다. 우리가 별이라고 통칭해서 부르는 것들은 희미하게 반짝거리는 별빛 너머 몇백 광년 떨어진 거리에 있다. 태양은 빛의 속도로 팔 분 이십 초면 닿을 수 있는 아주 가까운 거리에 있다. 이 거리가 얼마나 정교하고 완벽하게 적당한지 모른다. 그 덕분에 지구에 알맞은 양의 햇볕이 쏟아지고, 최적의 온도와 일사량으로 지구의 물을 액체로도 기체로도 고체로도 담아둘 수 있게 되었다. 지구가 생명이 살기 딱 좋은 환경이 된 건 순전히 태양과 최적의 거리를 유지한 덕분이다.

나는 인류 같은 지적인 생명체가 지구에만 실재할 거라고 생각하지 않는다. 지구는 표면에 액체 상태의 물이 존재하는 유일한 천체로 알려져 있다. 하지만 지구와 태양의 거리만큼 떨어져 태양의 궤도를 도는 위성이 백억 개가 넘는다고 한다. 우리가 가보지 못하고 발견하지 못했을 뿐, 생명이 탄생할 조건을 갖춘 별이 우주에는 수없이 많이 존재한다. 그렇지만 아직 지구 같은 환경을 갖춘 별을 발견하지 못했다는 건 우리가 얼마나 희박한 확률의 행운을 차지한 것인지 짐작하게 한다.

그동안 우리는 거리 유지에 실패했다. 지나치게 간격을 좁혔고, 끝 모를 속도 경쟁으로 거리를 점점 없애갔다. 아이러니하게도 우리는 사이를 잃고 나서야, 절실하게 사이를 필요로 하게 되었다. 이제 거리를 벌리며 사느라 지구 전체가 근원적인 외로움에 빠졌다. 마치 결별 바이러스가 살포된 것처럼 지구는 고독한 행성이 되었다.

우리는 적당히 외로웠어야 했다. 적당히 거리를 두고 적당히 생산해내고 적당히 소비했어야 했다. 마음이 오고 가는 궤도를 파괴하고, 서로 숨 쉴 수 있는 존중의 거리를 무시했다. 모든 개체는 생존 공간이 필요하고 상생을 위해 지켜야 할 경계가 있다. 각자의 궤도가 있다. 그 물리적 거리는 가깝게 느껴지거나 멀게 느껴지는 감각의 차이가 있을 뿐, 결코 변하거나 사라진 적이 없다. 우리는 독립된 행성이기에 각자의 궤도를 돌며 자기의 위치에 존재한다.

나는 지구 전체가 한참을 더 고독하기를 바란다. 그래서 너무 뜨겁지도 너무 차갑지도 않은 인간의 적정 체온을 회복하기를 바란다. 한없이 외로워져서 당신과 나의 사이가 애틋하고 간절해졌으면 하고 바란다. 그래서 나는 당신이 필요하다는 말을, 당신이 없으면 살 수 없다는 말을 가슴 밑바닥에서 퍼 올릴 수 있기를 바란다. 우리는 사랑 없이는 살수 없고, 사는 동안 마음의 거리를 좁혀가는 일을 멈출 수 없는 만유인력을 가진 하나의 천체이므로.

마음으로 보는 사람

명지 씨는 시각장애인이다. 우리가 서로 알게 된 지는 꽤 오래되었다. 내가 북촌의 어느 한옥 카페에서 북 콘서트를 할 때 그녀를 처음 만났다. 독자 낭독 시간이 있었는데 명지 씨의 남편 석종 씨가 책에 실린 내 시 「단풍」을 낭독하게 되었다. 석종 씨도 시각장애인이다. 나는 석종 씨가 한 번도 본 적이 없을 단풍을, 그 붉은빛을 어떻게 상상하며 낭독할지 몹시 궁금했다. 그가 단풍을 점자로 번역해서 낭독하는 동안 나는 눈을 감고 들었다. 내가 알고 있는 단풍색보다 그가 상상하는 붉은색이 훨씬 다채롭고 선명하지 않을까 생각하면서. 나는 고정된 단풍색에서 벗어나기 힘들지만 그는 그만이 상상해낸 단풍색을 떠올리며 시를 읽었을 테니까.

그렇게 명지 씨 부부와 인연을 맺었고, 아주 가끔씩 여러 사람이 어울리는 자리에서 만날 기회가 있었다. 인상 깊었던 점이 한 가지 있었다. 명지 씨를 잘 아는 분이 내게 당부했다. 명지 씨랑 이야기할 때 명지 씨를 바라보며 말하라고, 명지 씨가 못 본다고 해서 고개를 돌리고 딴 데를 바라보며 말하면 명지 씨가 알아챌지도 모른다고. 그래서 나는 명지 씨와 이야기할 때 평소보다 더 시선에 주의하며 말하고 귀 기울여 그녀의 말을 듣는다. 또 명지 씨가 데리고 다니는 안내견에 대해서도 약간의 주의를 받았다. 녀석이 얼마나 착하고 순하고 영리한지 자꾸 쓰다듬어주고 싶은 마음이 들었는데 안내견이 명지 씨에게 집중할 수 있도록 만지지 말라는 당부였다.

어느 날 명지 씨가 내게 전화를 해왔다. 자신도 책을 쓰고 싶다고, 어떻게 하면 좋겠느냐고 도움을 청하는 전화였다. 나는 부지런히 글을 써서 모으라고 용기를 북돋아주었다. 책이 되려면 주제를 좁힐 필요가 있으니 '안내견과 함께 사는 일'에 대해 써보면 어떻겠느냐고 제안했다. 며칠 뒤에 명지 씨가 끼적여둔 메모라며 내게 글 하나를 보내왔다. 책을 낼 만한 글솜씨인지 봐달라는 뜻이었는데, 글에는 '살아감'과 '삶을 살아냄'이 어떻게 다른지 알려주는 증거들이 있었다.

늘 함께 걷는 안내견과 늦은 시간 귀가하는 길에 물이 막히고 낙엽으로 수북이 덮여 잘 보이지 않는 맨홀 뚜껑에 굽이 걸리는 것.
혼자 지내던 때에 한참 만에 놀러 온 친구와 밥을 해 먹으려다 내가 먹던 쌀에 벌레가 아주 많다는 사실을 듣게 된 것.
정류장에서 나를 보고 지나치는 버스 두세 대를 잡지 못하고, 심지어 지나간 지도 모르고, 부탁할 사람마저 없어 삼사십 분 먼저 나왔지만 발을 동동 구르다 결국 약속에 늦어 변명해야 하는 것.
마트에 들어가 도와주실 분이 있는지 초조하게 두리번거리는 시간 같은 것.
자고 일어나 나가려고 씻으려는데 게시판에 붙어 있는 단수 공지를 전혀 몰랐다는 것.
요리를 만든 다음 사진을 찍어 올리고 싶어서 내 나름

대로 각도를 생각해서 여러 장 찍어 지인에게 문자로 보내 잘 나온 걸 골라달라고 했는데 하나도 없는 것.
새 구두를 신고 나간 지 몇 분 만에 인도 턱을 발로 확인하다가 처음 신은 구두가 긁히는 것.
비장애인과 연애할 때 데커레이션이 예쁜 오므라이스를 예쁘게 떠먹지 못하고 비빔밥처럼 먹는다며 면박을 들었는데, 그나마 그런 사람이라도 헤어졌을 때 몰래 찾아가 멀리서 한 번이라도 바라보지 못하는 것.
여러 명이 함께 밥을 먹을 때 생선이 나오면 제대로 발라 먹을 자신은 없고, 그렇다고 통째로 들고 먹으며 생선을 이렇게밖에 먹을 방법이 없다고 이해시킬 자신도 없어 차라리 먹기를 포기하는 것.

나는 그녀의 메일을 열어본 뒤로 아무 일도 하지 못하고 멍하니 앉아 있었다. 나는 볼 수 있는데도 보지 않았고, 쓸 수 있는데도 쓰지 않았고, 마음이 있는데도 행동하지 않았다. 명지 씨의 글은 나의 삶을 돌아보게 만들었다. 명지 씨는 마음까지 보는 눈을 가졌는데, 나는 보이는 것마저도 제대로 보지 못하고 살고 있다.

손이 하는 말

별명이 '늘보'인 친구가 있었다. 행동이 느리거나 게으른 사람을 낮잡아 이르는 말이 늘보다. 그런데 내 친구 늘보는 결코 느리거나 게으르지 않았다. 친구들이 녀석에게 늘보라는 별명을 붙여준 데는 다른 이유가 있었다. 가위바위보 게임을 하면 녀석은 항상 보자기를 내밀었다. 그래서 녀석의 별명이 '늘 보'가 된 것이었다. 우리는 귀찮거나 싫은 일, 누군가에게 떠넘겨야 할 일이 있으면 곧잘 가위바위보로 정했다. 늘보를 정당하게 부려먹기 위해서였다. 녀석이 항상 보를 낸다는 걸 까먹고 무심코 주먹을 내는 경우가 아니라면 질 일이 없었다. 우리는 짠 듯이 가위를 냈다. 어떨 땐 가위바위보를 하기 전에 골려먹는 재미를 추가하려고 늘보에게 물었다.

"야, 너 이번에도 보자기 낼 거지?"

그러면 녀석은 대답 대신 빙그레 웃었다. 우리가 골려줄 심산으로 재차 물으면 녀석이 정색하고 말했다.

"아니야. 오늘은 다른 거 낼 거야."

그러나 막상 가위바위보 게임을 하면 녀석은 어김없이 보자기를 펼쳐 보였다. 역효과도 생겼다. 녀석이 없을 때도 우리는 습관적으로 가위를 내는 버릇이 생겼다.

사회인이 돼 동창회에서 친구를 만났다. 나는 오랜만에 늘보 친구에게 농담을 건넸다.

"네가 아끼는 보자기는 잘 있지? 하하."

녀석은 잠깐 생각하는 듯하더니 이내 사람 좋은 웃음을 흘렸다.

"넌 지금도 보만 내냐?"

"아니야. 요즘은 다양하게 내. 자주 이기는 편이야."

자주 이긴다고 말하는 녀석의 표정이 그리 밝아 보이지 않았다.

"다른 거 낼 줄 알면서 그때는 왜 항상 보만 냈어?"

"아, 그거? 난 아버지 직업 때문에 자주 전학을 다녔어. 친구 사귀기가 힘들었지. 엄마한테 하소연했더니 그러시더라고. 친구들한테 뭐든 져주라고. 그러면 누구든 친구로 받아줄 거라고. 난 친구가 필요했고 너희가 좋았으니까."

"그랬구나. 참 현명한 어머니시네. 근데 말이야. 가위도 있고 주먹도 있는데 왜 항상 보자기였어? 승률이 같잖아?"

"난 보자기가 좋았어. 가위는 잘라서 이기고, 바위는 부숴서 이기잖아. 근데 보자기는 감싸서 이기니까 아프진 않지. 가위에 잘려도 보자기는 보자기이고 또 기우면 되잖아."

"야, 너 제법이구나. 순둥이인 줄만 알았더니 철학자였어. 하하하."

"철학자는 무슨. 져도 너희들한테 지는 건데 뭐. 내가 보를 내면 너희들이 엄청 재밌어했잖아."

"맞아, 그랬지. 근데 지금은 왜 보를 안 내? 보를 내면 사람들이 너를 좋아할 거 아냐?"

"글쎄, 그 사람들이 친구는 아니잖아. 져줄수록 나를 바보로 아는 것 같아. 이용하려고만 들고 말이야. 이젠 나도 가위와 주먹으로 자주 이겨."

친구는 술잔을 기울이며 씁쓸하게 중얼거렸다.

손은 참 많은 말을 한다. 수신호로 수어로 악수로 포옹으로. 누군가와 처음 인사할 때 손을 내밀어 악수를 나눈다. 악수 정도로는 양이 안 차는 사이가 되면 양팔을 벌리고 껴안는다. 그런가 하면 손바닥에는 운명의 지도가 있다. 지문과 운명선. 자신이 가야 할 곳의 지도가 손바닥 안에 있다는 은유는 참 의미심장하다. 나의 길이 내 손바닥 안에 있는 이유는 남들이 가는 길, 남들이 만들어둔 길, 남들이 지시하는 길로 가지 말라는 뜻이 아닐까. 나의 길이 아니라 남들이 정해둔 길로 사람들이 몰려드니 힘겹게 다투고, 빼앗고 빼앗기는 불행한 일들이 벌어지는 게 아닌가. 자신의 지도를 따라 자신의 길을 가라는 하늘의 뜻을 외면한 채. 그 길은 다른 사람의 손을 잡아야 세상으로 연결된다.

손바닥을 들여다본다. 은하수가 흐르고 사막을 건너는 낙타가 보인다. 나는 지류의 물들을 모아 흘려보낸다. 선인장들이 붉은 꽃을 피워 올리고 체온 같은 별이 돈다. 오목한 작은 우주, 나의 손.

혼잣말은 아프다

내가 좋아하는 배우의 작업실이 텔레비전에 공개됐다. 그가 재미난 걸 보여줬다. 오래된 엽서 묶음이었는데 팬들에게 받은 엽서가 아니었다. 발신인이 자신이었고, 수신인도 자신이었다. 사적인 여행이든 방송 촬영 때문이든 해외에 나가면 짬을 내 자신에게 엽서를 써서 보냈다는 것이다. 일종의 '느린 우체통' 콘셉트인 셈. 한국에 돌아온 그가 뒤늦게 도착한 엽서를 받는 기분이 어땠을까. 아무리 멋진 곳이라도 다녀오고 나면 밀린 일들에 치여 여행지의 즐거웠던 기억들을 금세 잊어버리기 십상이다. 그는 엽서를 통해 지나온 곳의 자신과 다시 만나고 있었다. 매우 재미있고 근사한 발상이라는 생각이 들었다. 정신의학적으로도 혼잣말을 하는 사람, 즉 자기 자신과 대화하는 사람이 자신에게 과묵한 사람보다 훨씬 건강하다고 한다.

야구 드라마 〈스토브리그〉의 주인공, 백승수 단장은 매우 냉철하고 도도하다. 잘 웃지도 않고 화도 거의 내지 않는다. 예의 바른데 예의 없어 보이기도 하고 차가운데 따듯해 보이기도 한다. 남궁민이라는 배우가 아니면 누가 이런 역할을 소화할까 싶게 백승수는 그와 잘 어울린다. 무표정한 얼굴만 봐서는 백승수가 무슨 생각을 품고 있는지 가늠하기 어렵다. 그런 그에게 어울리지 않는 습관이 한 가지 있다. 식당에서 음식이 나오면 그게 어떤 종류든 간에 인증 사진을 찍는다. 찍고 나면 무표정하게 음식을 먹는다. 그가 왜 그렇게 하는지 한참 나중에야 밝혀진다. 아들이 밥을 잘 챙겨 먹는지, 일하느라 식사를 거르지 않는지 노심초사하는 어머니에게 걱정하지 말라고 보고하기 위한 용도였다.

나도 요즘 식당에 가면 백 단장을 흉내 내서 사진을 찍는다. 집에서 부추김치나 파김치를 담갔을 때도, 머위나 취

나물로 된장무침을 하고 나서도 깨를 솔솔 뿌린 다음 사진을 찍는다. 어떤 때는 깜박 잊고 몇 숟갈 떠먹다가 생각나서 찍기도 하고, 어떤 때는 다 먹고 나서 빈 밥그릇과 남은 반찬만 찍을 때도 있다. 사진이 꽤 많이 쌓였는데 나는 전송할 데가 없다. "그래, 잘 챙겨 먹고 있구나. 에미가 안심이 된다. 잘했구나." 하고 말해줄 엄마가 내 곁에 없다. 그래서 나의 음식 사진들은 초점이 흐리고 시무룩하다.

동네에 육전소고기국밥집이 생겨서 친구랑 찾아갔다. 먹다가 생각나서 친구에게 국밥 먹는 모습을 한 장 찍어달라고 부탁했다. 명절이 지나고 전 나부랭이가 남으면 엄마는 묵은 김치를 넣어 전 찌개를 끓여주시곤 했다. 어릴 때 먹던 그 맛이어서 엄마 생각이 났다. 육전도 한 접시 시켜서 사진을 찍고 친구랑 나누어 먹었다. 다 먹고 나서 이번에는 나도 사진을 전송했다. 조금 있다가 답장이 왔다.

"오냐, 맛나것다. 참 잘했다."

얼마 전에야 모바일 메신저에 나에게 메시지 보내기 기능이 있다는 걸 알게 됐다. 사진을 나에게 보내놓고는 엄마의 말투로 내가 나에게 답문을 쓴다. 그 배우가 자신에게 엽서를 보낸 것처럼 나는 나에게 보고하고, 나를 칭찬한다.

곁에 없는 사람에게 빙의하는 일처럼 뭉근하게 저리고 우묵하게 쓸쓸한 일은 없다. 외로운 짓이지만 그래도 조금은 위안이 된다. 엄마를 그리워하는 방식이 결국 혼잣말을 하는 것이지만 아직 나에게 말을 걸어주는 나라도 있어 다행이라고 여긴다. 엄마도 그렇게 생각할 거라고 믿는다.

오늘 점심에는 바빠서 라면을 먹었는데 엄마한테 걱정 들을까 봐 일부러 사진을 찍지 않았다. 대신 며칠 전 손님이 와서 근사한 데 가서 먹었던 피자랑 파스타 사진을 보냈다. 엄마가 귀신같이 알고 메시지를 보내왔다.

"아들, 바쁘다고 끼니 거르지 말고, 라면 같은 건 묵지 말고."

3부

식물의 빛깔

메이플 시럽이 가득 고이는
오후 세 시의 숲.
설탕 같은 햇살이 당신 곁에 길게 머물기를.

활짝 활착하기를

식물에게 이사는 매우 큰 사건이다. 생과 사를 넘나드는 위험한 시간이다. 사람에게도 이사는 단순히 집을 바꾸고 거주지를 옮기는 일에 그치지 않는다. 사람이나 식물이나 새롭고 낯선 환경에 유입되는 이사에 극심한 스트레스를 받는다. 특히 식물은 이주해서 한동안 삶과 죽음의 고비를 맞는다. 그 목숨의 경계를 가르는 것이 활착(活着)이다. 뿌리를 잘 내리면 살고, 실패하면 죽는다. 나는 이 활착이라는 말이 '활짝'과 매우 닮았다는 생각을 한다.

가슴을 활짝 펴라는 말을 종종 듣는다. 가슴은 날개가 아닌데도 왜 활짝 펴라고 할까? 가슴을 펴야 마음의 주름도 펴진다. 이리저리 옮겨 다니는 마음이 누군가의 가슴 안에 들어가 활착하면 사랑이 된다. 활착하려면 그곳이 해가 잘 들고 수분이 적당하고 흙이 건강해야 한다. 활짝 펴야 하는 것이 가슴뿐일까. 우산도 그렇고 낙하산도 그렇다. 활짝 펴지지 않으면 비를 막아낼 수 없고 안전하게 착지할 수 없다. 마음을 활짝 펴지 못하면 나로 살기가 힘들고 점점 그늘지게 된다. 헝클어지고 쪼그라든 상태로 마음을 방치하면 시름시름 앓게 된다.

"왜 그러고 있어? 너답지 않게. 쫄지 말고 가슴 좀 펴봐."

친구가 술잔을 기울이다가 내게 응원과 위로를 섞어 말한다.

"내가 바라는 게 너무 많아서 두려운가 봐. 자꾸 웅크리게 되네."

"그렇다고 두려울 게 뭐야?"

"원하는 걸 얻으려면 또 그만큼 대가가 따르니까. 내가 원하는 걸 갖고 있는 사람에게 잘 보여야 하고, 마음에 없는 말을 하게도 되고, 하고 싶지 않은 일을 해야 하고."

"그렇다고 아무것도 바라지 않고 살 수는 없잖아. 사람

사는 게 그런 건데."

"그러게. 원하는 것 때문에 가슴을 떳떳하게 펼 수 없다는 게 슬프지 않아?"

친구가 한동안 말없이 술잔을 기울이다가 내게 물었다.

"네가 원하는 게 혹시 너한테 정말 없는 거야?"

순간 나는 술이 깼다. 내게 없는 것을 욕망하지 말고, 내게 있는 것을 욕망해라. 이미 충분한데도 더 가지려고 욕심내는 건 아닌지 돌아보라는 충고 같았다. 생각해보니 나는 이미 가지고 있는 것들을 한 번도 가져본 적이 없는 것처럼 탐냈다. 젊을 때는 젊음을 바라지 않았고, 건강할 때는 건강을 바라지 않았고, 행복할 때는 행복을 바라지 않아서 내가 가진 것으로 느끼지 않았다. 불만족과 결핍은 내가 가지지 못해서 얻은 불행이 아니라 내가 만족하지 못해서 만든 불행이었다.

경제학에 '결별점(decoupling point)'이라는 개념이 있다. 소유가 늘고 부유해질수록 행복 지수가 상승할 것 같지만 그렇지 않다. 결별점에 이르면 소유량이 늘어도 행복감이 더 이상 상승하지 않는다. 결별점은 말한다. 행복이나 불행을 느끼는 감정이 우리의 절대적인 상태에 달려 있지 않다고. 상황을 어떻게 인식하는지, 자신이 가진 것에 얼마나 만족하는지에 달려 있다고.

가슴을 펴려면 기억해야 한다. 낙하산은 하늘을 날기 위해서가 아니라 지상에 무사히 내려서기 위해서 펴는 것이다. 할 수 없는 것을 하기 위해서가 아니라 할 수 있는 것을 하기 위해서 욕망하는 것이다. 하늘에 계속 떠 있을 수는 없다. 낙하산을 펴고 지상으로 뛰어내려야 인간의 실존적 삶이 시작된다. 현실에 활착해야 건강하게 욕망할 수 있다.

식물의 은어

식물을 파는 화원 주인이 꼭 당부하는 말이 있다. 물을 자주 옅게 주지 말고 흙이 마르길 기다렸다가 한 번에 흠뻑 주라고. 화분 식물은 말라서 죽는 것보다 과습으로 뿌리가 썩어 죽는 경우가 더 빈번하다. 표면의 흙이 바싹 말라도 속은 젖어 있을 때가 많다. 나는 자주 표면에 속는다.

표면에 속지 않으려고 화원 주인이 알려준 대로 나무젓가락을 화분 깊숙이 꽂아두었다. 오늘의 기온을 살피듯이 한 번씩 나무젓가락을 뽑아서 물기의 잔량을 헤아려본다. 물기를 보려고 표시해둔 나무젓가락 눈금이 쑥쑥 내려갈수록 기쁨이 차올랐다. 빨리 물을 흠뻑 주고 싶어 조바심을 내고 있었다. 나는 이걸 식물을 사랑하는 일이라고 착각하는 듯하다.

주기적인 보살핌 혹은 기계적인 관심, 나는 이것을 정확한 사랑이라고 부른다. 이 사랑은 정해진 약속을 잘 지키면 유지된다. 상당히 편리하고 예측 가능해서 괜찮은 사랑법이다. 그런데 정말 괜찮은 걸까. 식물이나 사람은 변화무쌍한 날씨 같은 존재들인데.

오늘의 날씨를 알려면 많은 기상 측정 장치들이 필요하다. 온도계, 습도계, 풍향계, 풍속계, 기압계, 일사계, 일조계. 내일의 날씨를 알려면 구름의 이동이나 대기층의 기류 변화를 살펴야 하므로 라디오존데를 상공에 띄우고 인공위성의 도움까지 받는다. 그러고도 일기예보는 자주 빗나가고 원성을 듣는다. 기상청 예보관은 언제부턴가 비가 오겠다고 정확하게 말하지 않고, 비가 올 확률이 몇 퍼센트쯤이라고 어림잡아 이야기하기 시작했다.

기계적인 사랑은 통계적인 사랑일 것이다. 자잘한 생태

적 변화와 환경적 변수를 제거해버린 평균적인 사랑. 그러므로 내가 식물을 사랑하는 방식은 나에게 최적화된 일방적인 사랑이다. 식물과 나 사이에는 정해진 약속이 있을 뿐 서로에게 흐르는 마음의 전류, 사랑의 은어가 없다. 나는 식물의 은어를 알아듣지 못하고도 그것이 틀림없는 사랑이라고 믿는다. 그렇게 식물이 죽으면 내 탓이 아니라 환경 탓이다. 그건 식물의 운명이지 내 책임은 아니다.

정확하게 말하면 그건 사랑이 아니라 관리다. 양육이 아니라 사육이다. 식물 화분이 내게 오면 요즘은 끊임없이 묻는다. 네 이름은 뭐니? 넌 어디서 왔니? 네가 좋아하는 것은 뭐니? 네 친구들은 누구니? 내가 널 어떻게 해주길 바라니? 그러면 식물은 조금씩 자신에 대해 들려준다. 잎이나 꽃으로 신호를 보내오기도 한다. 그럴 땐 가슴이 좀 뭉클해진다.

오늘의 식물 예보는 꽃 피울 확률 70퍼센트 되겠다. 꽃잎의 색소는 빨강이 점점 강해지겠다. 저녁 늦게부터 꽃향기가 북북서로 날리겠다. 식물의 은어를 이해하는 일은 어렵지만, 들릴 때까지 묻는 노력 없이 사랑한다는 말을 쓰면 안 된다는 게 오늘 식물 예보의 핵심이겠다.

꽃이 하는 말

꽃에는 저마다 꽃말이 있다. 뭐든 의미를 부여해야 직성이 풀리는 인간들이 꽃에다 갖가지 이야기와 말을 갖다 붙였다. 꽃을 감상하는 것만으로는 만족할 수 없었던 모양이다. 꽃말은 어떻게 만들어져서 세상에 퍼졌을까?

꽃말의 기원은 17세기 아라비아로 올라간다. 아라비아 사람들에게 세럼(sélam)이라는 풍습이 있었다. 사랑하는 사람에게 '말하는 꽃다발'을 건네는 풍습이다. 꽃에 꽃말을 붙여 그 말들을 잘 조합하고 배열하면 메시지가 있는 연애편지가 되었다. 아름답지 않은가. 내 마음을 꽃다발이 대신 말하게 한다는 시적인 상상력.

이들의 세렴 풍습, 꽃말의 시적 상상력을 유럽에 전한 이는 메리 워틀리 몬태규라는 여성으로 알려져 있다. 그녀는 18세기 초, 오스만 튀르크로 파견된 영국 대사의 부인이었는데, 그곳에 머무는 동안 본국의 친구들과 서한을 주고받았다. 당시 오스만 튀르크가 아라비아를 지배하던 때였고, 그녀는 아라비아의 문화와 세렴 풍습, 특히 거기서 수집한 다양한 꽃말들을 편지에 써서 보냈다. 그녀가 세상을 떠난 뒤 1763년에 그동안 주고받았던 편지를 모은 서한집 『The Turkish Embassy Letters』가 런던에서 발간되었다. 바로 그 책이 꽃말의 전파자 역할을 했다고 할 수 있다. 이후 꽃말에 관한 많은 책들이 유럽에서 발간되어 인기를 누렸다.

꽃 이름이나 꽃말을 들여다보면 신화와 전설이 깃들어 있는 경우가 많다. 사람들은 꽃에 이야기를 지어 붙이고 꽃말을 만들고 그 의미를 주고받으며 꽃을 장식품으로 애용해왔다. 능소화는 '명예'이고 수선화는 '자기애'이고 백합은 '순결'이고 붉은 장미는 '열정적인 사랑'이다. 한번 붙여진 꽃말은 그 의미로 고정되어 버린다. 다른 상상의 여지가 끼어들 틈이 없다. 그런데 잠시 꽃의 입장에서 생각해보자. 인간이 자신에게 붙인 꽃말이라는 게 얼마나 우스꽝스러울까. 어이없고 말문이 막히기도 하겠다. 나는 문득 사람들이 꽃말을 오해하고 있는 것이 아닐까 의심하게 되었다. 꽃말은 꽃의 특징에 따라 부여된 상징적 의미가 아니라 '꽃의 말', 즉 '꽃이 하는 말'일 거라는 생각에 이르렀다. 꽃이 하는 말을 듣고 사람들이 옮긴 것이 꽃말이 아닐까? 나는 이렇게 믿게 되었다.

언어 이전의 시대에 식물과 동물은 파동과 입자, 그 떨림과 빛, 향기와 체취, 빛깔과 표정으로 소통했다. 인간도 꽃의 말을 알아듣고 서로 텔레파시를 주고받았다. 그것은 우주의 방식이어서 본능적이었고 자연스러웠다. 서로의 영혼이 서로의 몸에 자유롭게 옮겨 다녔고 마음이 교환되었다. 자연의 신호, 그 비언어적 언어로 식물과 동물과 인간은 교감하고 바라보았다. 모두가 분리되지 않은 하나였다.

안타깝게도 영혼의 시대는 인간이 인간만의 말과 문자를 가지게 되면서 끝났다. 더 이상 인간은 식물과 동물의 말을 알아들을 수 없게 되었다. 종은 구획되었고, 소통은 단절됐다. 다행히 선사 시대에 꽃이 했던 지혜의 말들을 기억하고 있던 몇몇 인류가 잊지 말라고 꽃의 말을 전했다. 꽃이 사람에게 했던 아름다운 말의 흔적이 꽃잎에 무늬와 향기로 남아 사람들은 꽃이 피면 본능적으로 가까이 다가가 코를 대고 눈을 대는 지도 모른다.

물론 지금도 식물들은 꽃을 피워 말을 건넨다. 빛깔로, 향기로, 몸짓으로, 파동으로. 그것은 떨림으로 파고들고 울림으로 증폭된다. 그것이 모스부호처럼 내게 보내오는 꽃의 신호라는 것을 알지만, 너무 먼 외계의 언어라서 해독되지 않는다. 어렴풋이 그것이 사랑의 몸짓임을 이해할 뿐이다.

벌과 나비를 불러들이듯이 꽃은 사람의 마음을 흔들어 무장해제한다. 그것은 지구에서 살아남기 위한 꽃들의 오래된 전략이다. 흔들어 좋아하게 만든다. 나는 꽃이 피면 내가 하고 싶은 말을 꽃에게 들려준다. 내 말은 씨방에 보관된다. 씨앗 안에는 내 말의 유전형질이 숨 쉬고 있다. 채종한 씨앗을 새봄에 다시 뿌리고 꽃이 피면 나는 꽃 속에서 향기로운 나의 말을 본다. 꽃이 아름다운 이유는 나의 가장 아름다운 끌림의 한때를 기억하고 있기 때문이다. 꽃과 인간은 그렇게 연결되어 흔들린다.

사람은 죽어서 모두 식물이 된다. 식물은 죽어서 어느 것은 고양이로 어느 것은 사람으로 어느 것은 물고기로 태어난다. 동물은 죽어서 다시 식물이 된다. 나는 이런 순환을 믿는다. 그래서 나의 영육은 식물과 동물이 반반씩이다. 꽃 곁에 가면 살아 있다는 행복감이 밀려들고 또 식물처럼 살아야겠다는 생각이 강렬해진다. 꽃을 보고 있으면 너무도 불완전한 인간인 나도 완전한 존재 같다는 위안을 얻는다. 완전한 존재는 꽃을 피울 수 있다. 제비꽃은 숲속이든 아파트 보도블록 사이든 원본 그대로 제비꽃으로 핀다. 자신을 언제나 기억한다.

잔인하다고 생각할지도 모르겠다. 나는 채소가 기분이 좋을 때를 골라 요리해 먹는다. 그러면 내 기분도 덩달아 채소의 기분이 된다. 채소의 유쾌한 기분을 망치지 않도록 그대로 요리한 게 샐러드라고 생각한다. 뜨거운 물에 데치거나 기름에 볶거나 소금에 절이는 건 채소의 기분을 완전히 망치는 짓이다. 여름이 되면 오이와 상추, 치커리와 바질, 그리고 부추나 고숫잎 한 줌을 추가한다. 채소들을 흐르는 물에 헤엄치게 하고 한입에 먹기 좋게 썰어 볼에 담는다. 내가 좋아하는 돼지감자나 비트의 아삭거리는 식감, 혹은 토마토나 바나나의 단맛을 그때그때 추가한다. 소스는 겨자 소스도 생강 소스도 파인애플 소스도 좋다. 나는 가리지 않는다. 채소의 기분만 거스르지 않는다면 뭐든 상관없다.

그러니까 내가 말하려는 건 채소에도 유쾌하거나 우울하거나 슬픈 기분이 있으니 살펴가면서 요리를 하는 게 좋겠다는 이야기가 아니다. 오히려 거꾸로다. 채소에게도 있는 기분이 왜 사람에게 없겠는가 하는 것이다. 내 기분을 당신이 좀 알아주면 안 되겠느냐는 하소연을 채소에 빗대어 하는 것이다. 착하게 군다고 아무렇게나 내 기분을 무시하지 말라고, 내색하지 않는다고 감정도 없는 사람으로 취급하지 말라고 주의를 주는 것이다.

통통 튀거나 시무룩한 채소처럼 나에게도 그때그때의 기분이 있다. 나도 식물처럼 오늘의 날씨에 영향을 받는다.

"오늘 기분이 어때요?"

이렇게 물어봐 주는 사람이 나는 좋다. '당신의 기분이 좋았으면 좋겠어요'라는 바람이 담긴 말로 들린다. 당신이 내 기분을 물어봐 준다면 나도 당신의 기분을 살피고 당신과 충분히 교감할 준비가 돼 있다.

오늘 내 기분은 가을가을해요. 당신은요? 당신의 기분도 설탕단풍나무 같기를 바라요. 오후 세 시의 숲에 메이플 시럽이 가득 고이고 있어요. 늦가을 해가 당신 곁에 길게 머물기를 바라요. 저 설탕 같은 햇살이 당신의 바스락대는 기분에 듬뿍 발라졌으면 해요.

끝이 있기에 아름다운

매화나무가 시름시름 앓더니 죽었다. 이유를 알 수가 없다. 지난여름에 너무 많은 비가 온 탓일 거라고 추측할 따름이다. 공연히 푸른 잎들을 떨궈낼 때도 빈 가지로 서 있을 때도 나는 희망을 버리지 않았다. 가을이 깊어지는데도 꽃눈을 맺지 못하는 걸 보고서야 나는 마음의 준비를 했다. 가지를 잘라보니 물기 한 점 없이 바싹 말라 있었다. 죽은 나무를 보면 자꾸 마음이 쓰인다. 서 있는 것도 힘겨울 것 같아 편히 뉘어주자고 생각했다. 나무 밑동을 파헤쳐 사방으로 뻗은 뿌리들을 자르고 손질해 거둬들였다. 매화나무 파낸 데를 메우고 나니 그늘이 없어진 자리가 휑하고 훤했다. 밖으로 드러난 젖은 흙 위로 햇살이 들이쳤다. 호시탐탐 노렸다는 듯이 그늘이 짙었던 자리에 햇볕이 낭자했다. 손수레 위에 생을 마감한 매화나무를 눕혀놓고 나는 쪼그려 앉아 망연히 나무의 빈자리를 다독이고 있다.

그러면 이제 어찌 되는가. 저 나무 아래에서 적막했거나 고요했던 그늘 일부는 매화나무를 따라가는 건가. 매화나무 가지에 앉았던 곤줄박이의 여린 체온도 매화나무를 좇아가는 건가. 매실의 뺨이 통통하게 살쪄갈 때 푸르게 내리쬐던 햇살 몇 줄도 매화나무의 환생에 동행하는 건가. 그러면 이제 어찌 되는가. 저 매화나무를 그늘에 묻어야 하는가, 양지바른 곳에 묻어야 하는가. 마른 뼈가 삭아서 꽃잎 날리듯이 산산이 흩어지게 풍장을 해야 하는가. 산수유나 생강나무 아래 수목장을 치러야 하는가. 그러면 매화가 꽃잎을 열었을 때 붕붕거리며 날아와 향기를 빨던 벌들이며 헤살대던 바람은 조문을 올 것인가. 그러면 이제 매화나무의 짧은 일생과 그리움의 흔적들은 오롯이 내게 상속되는 것인가. 그 가벼움이며 맑음이며 외로움이며 하는 것들이 어쩔 수 없이 내 몫이 되는 것인가.

나는 가을 속에 미련처럼 앉아 있었다. 이마에 흐르는 땀방울을 가을볕이 말갛게 말리고 있었다. 갈증이 일었다. 마치 전생에서부터 해갈하지 못한 목마름인 듯이 나는 물 한 잔을 깊고 달게 마셨다. 내 몸은 살아 있으므로 물을 펌프질해 피부 밖으로 더운 숨을 내보냈다. 매화나무가 그렇게 했을 것처럼. 광합성을 하고 남은 그리움을 증발시켰다. 목숨이 아름다운 건 누가 시키지 않아도 목숨의 이유를 다하기 때문이다. 죽어서 햇살의 수의를 걸치고 있는 매화나무 뿌리가 샛강에 흘러드는 물결 같았다. 언젠가는 가보리라 동그라미 쳐둔 지도처럼 그 물의 길들은 나를 아프게 했다. 누군들 자신의 몸에 새겨진 길들을 다 밟아보고 가겠는가.

매화나무가 가지를 뻗어 닿고 싶어 했을 하늘을 바라보며 나는 생각해본다. 내가 마신 한 잔의 물이 매화나무가 내게 남긴 유언이 아닐까를. 사는 동안 마르지 말고 젖어 있으라는 간곡한 당부가 아닐까를.

식물의 힘

가을 하늘은 중력을 거스른다. 가장 깊고 푸른데 가장 가볍다. 시인도 과학자도 비밀을 푸느라 가을에 오래 머문다. 가을의 백미는 구름이다. 높다랗게 핀 구름은 흰 목련 나무 같아서 쥐어짜면 금방이라도 우유가 쏟아질 것 같다. 구름이 높다는 말은 구름이 가볍다는 말이고 구름이 수증기를 적게 품고 있다는 말이다. 가을 햇볕은 누그러져 공기의 온도를 떨어뜨린다. 그리고 가을바람은 습기를 말려 공기를 맑고 건조하게 한다. 가을의 비밀을 생각하다 다시 구름으로 돌아온다. 물론 우리는 구름이 풍경 속 오브제에 그치지 않고, 지구의 존망을 가르는 중대한 물질이라는 걸 알고 있다.

구름은 바람을 따라 흘러간다. 바람은 수증기를 잔뜩 머금은 구름을 대륙 수천 킬로미터까지 이동시킨다. 그런데 구름의 여행은 바람의 힘만으로는 한계가 있다. 이때 숲이 큰 역할을 한다. 육지에서도 구름을 만들어내야 하는데 이 역할을 숲이 해내는 것이다. 숲은 물을 저장하고 엄청난 양의 수증기를 발생시키는 중요한 역할을 한다. 해안에서부터 내륙 깊숙이 이어진 숲의 띠가 구름을 나르고 또 생성해낸다.

숲을 가만히 바라보고 있으면 철학자 프리드리히 니체가 말한 '힘에의 의지'가 떠오른다. 누군가 철학적인 말투로 번역해놔서 얼른 와닿지 않지만, 이 말을 풀어보면 '힘을 갖고 싶은 욕망' 혹은 '힘을 보여주고 싶은 마음' 정도가 아닐까 싶다(물론 힘을 권력이나 자유나 자아로 해석하는 사람도 있겠다). 생명체는 활동하는 동안 기본적으로 에너지를 발산하려는 삶의 욕망을 가지고 있다. 생명체의 이런 마음을 하나로 뭉뚱그려 표현하면 '힘'이다. 힘은 운동에너지이기도 하고, 무언가를 제어하고 지배함을 의미하기도 하고, 어떤 일을 해낼 수 있는 능력을 뜻하기도 한다.

이성도 힘이고 감성도 힘이다. 대개 이 힘을 동물의 특성이라고 여긴다. 동물은 지능이 있고 식물은 지능이 없으니 동물이 고등하다는 착각에서 비롯된 관념이다. 지능이 생각하고 감각하는 능력이라면, 식물에게도 훌륭한 지능이 있음을 이미 많은 과학자가 밝혀냈다. 식물도 동물처럼 군락을 짓고 집단 생태계를 형성해 생존하는 전략을 구사한다. 나무는 몸통의 두 배가 넘는 너비까지 뿌리를 뻗을 수 있다. 그 뿌리로 이웃 나무와 정보를 교환하고, 또 향기 물질을 발산해 서로 소통할 수 있다. 나무들은 이 화학 언어로 적의 침입을 알리고 유익한 곤충을 불러들인다. 구름을 만들어내고 내륙 깊숙이 구름을 이동시킨다. 식물의 힘은 그들이 지구의 주인이고 수호자임을 알게 한다.

동물인 나는 어떤가. 인간은 놀라운 이성과 감성을 지녔다고 하는데, 나는 나를 이해하기 어려울 때가 더 많다. 음성언어와 문자언어를 사용하지만 사람들과 소통의 어려움을 겪는다. 오히려 이성적이어서 캄캄할 때가 많다. 그래서 나는 자꾸 동물을 벗고 식물이 되고 싶다는 꿈을 꾼다. 사실 이런 꿈은 망상이다. 모양을 바꾼다고 존재의 본질이 바뀌진 않는다. 우리가 안개라고 운해라고 구름이라고 부르는 수증기 덩어리들은 모양만 다를 뿐 생성 원리나 본질이 같다. 지상에 낮게 깔려 있는 구름이 안개이고, 산 위에서 내려다보이는 구름 무리가 운해다. 내가 무엇으로 사는가, 내가 어디에 있는가를 생각할 일이 아니라 어떻게 살아야 하는가를 생각해보라는 뜻일 테다. 구름이 그렇듯이 내가 어디에 있든, 무엇으로 불리든 나는 고스란히 나다.

가을을 우러러 구름의 잠언을 듣는다. 수분을 많이 품으라고, 머물지 말고 흘러서 더 큰 구름에 섞이라고, 바다도 되고 숲도 되고 초원도 되라고. 어떤 사람이길 원하는가. 식물들이 힘에의 의지로 그렇게 하듯이 비를 원하면 모아둔 빗물을 기꺼이 내놓을 줄 알아야 한다. 가볍다. 가을에 풀은 마르고 하늘은 투명하고 사람은 선명하다.

오월 무렵이었다. 부산 태종대 바다에 놀러 갔다. 바다 색깔이 쪽빛도 아니었고 푸른색도 아니었다. 바다가 파랗다는 관념은 학습된 지식일 뿐 실재하는 현상이 아니었다. 물결이 일렁일 때마다 수시로 색이 변했다. 그 색들 중에 초록이 가장 우세하고 짙었다. 지칠 대로 지친 팔월의 숲이 바닷 속에 잠겨 있다고 할까. 그 물빛은 너무도 오묘하고 황홀해서 나는 야생으로 뛰어들고 싶었다.

여름 숲에 장대비가 쏟아지면 나무들이 젖은 몸을 털어대며 뒤척인다. 숲이 출렁일 때마다 숲의 빛깔이 시시각각 변한다. 파도가 뒤척일 때마다 그 진초록은 검은빛을 띠기도 하고 코발트블루가 되었다가 다시 초록으로 옅어지곤 했다. 나는 저 초록빛을 지칭하는 낱말이 있을까 몹시 궁금했다. 찾아보니 그 빛깔을 가리키는 순우리말이 있었다. 바로 갈맷빛. 나는 가만히 혀를 굴려 갈매를 발음해보면서 새로운 별자리를 발견한 천문학자처럼 며칠을 들떠서 지냈다.

얼마 후 백석 시인이 쓴 시에 '갈매나무'가 나온다는 걸 알게 되었다.

> 나는 이런 저녁에는 화로를 더욱 다가 끼며, 무릎을 꿇어보며,
> 어니 먼 산 뒷옆에 바우섶에 따로 외로이 서서
> 어두어 오는데 하이야니 눈을 맞을, 그 마른 잎새에는
> 쌀랑쌀랑 소리도 나며 눈을 맞을,
> 그 드물다는 굳고 정한 갈매나무라는 나무를 생각하는
> 것이었다.

백석, 「남신의주 유동 박시봉방」 중에서

쌀랑쌀랑 눈을 맞으며 출렁이는 나무란 대체 어떤 모습일까 궁금해 식물도감을 찾아보았다. 도감 속 갈매나무는 시에서 말한 '그 드물다는 굳고 정한' 느낌이 들지는 않았지만, 단지 이름이 갈매라는 이유만으로 나는 갈매나무를 좋아하는 나무의 하나로 삼았다. 갈매나무 덕분에 나는 나무 이름에 남다른 관심을 갖게 되었다. 직관적인 이름을 가진 나무들이 있다. 물푸레나무도 그중 하나인데 내가 좋아하는 나무다. 물푸레나무는 말 그대로 물을 푸르게 한다고 해서 붙여진 이름이다. 나뭇가지를 짓이겨 물에 담가두면 물색이 푸르러진다. 내 글에 물푸레나무를 출연시킨 적도 있다.

> 섬진강 상류에 봄을 풀어둔 사람을 만나러 갔다. 부지런한 그 사람이 물푸레나무 군락을 쓰러뜨려 강에 부려 놓았는지 강물이 온통 새파랬다. 나는 푸른색 잉크물이 사람을 아프게 할 수도 있다는 걸 처음 알았다. 걸으면서 내내 나는 전나무 같은 신음 소리를 냈다.
>
> 림태주, 「진메 마을 가는 길」 중에서
>
> (『그토록 붉은 사랑』, 행성B, 2015)

노린재나무는 단풍 든 잎을 태우면 노란 재가 남는 데서 붙여진 이름이다. 노박덩굴은 덩굴이 길 위까지 뻗어 나와 길을 가로막는다는 뜻에서 붙여진 이름이다. 누리장나무는 나무줄기와 잎에서 누린내가 난다고 붙여진 이름인데 이름에서도 누린내가 나는 듯하다. 꽃이 매우 향기로운 때죽나무는 세제로 쓰인 나무다. 종 모양으로 대롱대롱 달린 열매를 물에 불린 다음 사포닌이 함유된 그 물로 빨래를 하면 때가 죽 빠진다고 해서 때죽나무로 불렸다는 설이 있다. 열매 성분이 독해 열매를 찧어 물에 풀면 물고기가 떼로 죽는다고 해서 붙여진 이름이라는 설도 있다.

내가 사회생활을 시작한 첫 직장은 출판사였는데, 그 회사는 꽃과 곤충과 새와 나무에 관한 책을 만들었다. 갈매나무가 좋았던 나는 그 출판사의 출간 목록에 시나브로 끌렸다. 그 회사를 다니면서 나는 여러 식물학자와 곤충학자를 저자로 만났다. 그들을 쫓아다니며 부러워했다. 무언가 한 가지에 꽂혀서 남들이 모르는 어떤 비밀을 캐내는 사람들이 존경스러웠다. 나도 그들처럼 무엇 하나에 빠져서 내가 살아가는 세상의 원리나 존재의 작은 비밀이라도 알아낼 수 있으면 좋겠다는 바람을 가졌다. 나는 그것이 시의 세계일 수도 있겠다고 생각했다. 그 출판사에 다니는 동안 나는 틈틈이 시를 썼고 운 좋게 시인이 되었다. 내가 책을 만드는 사람이 된 것, 책으로 밥을 먹게 된 것, 시를 쓰게 된 것이 모두 갈매나무 덕분이다.

그러므로 내가 지금 작가가 되어 이 글을 쓰고 있는 시초가 우리말 하나를 궁금해했기 때문이다. 그리고 그렇게 알게 된 그 말 하나가 내 인생의 방향을 정했다. 그 드물다는 굳고 정한 갈매나무가 자신처럼 갈맷빛으로 살아가라고 나를 이끌었다.

꿈꾸는 식물들

식물도 꿈을 꾼다. 사람이 새가 되고 표범이 되고 나무가 되는 것을 꿈꾸듯이 식물도 날개를 달고 하늘을 날아오르는 꿈을 꾼다. 식물 중에는 꾸고 있는 꿈이 투명해서 꿈의 내용이 낮에도 훤히 보이는 것들이 있다.

예전에는 몰랐는데 식물을 심고 가꾸다 보니 내가 어떤 식물을 좋아하는지 자연스레 알게 되었다. 내가 끌리는 초본들은 해바라기, 수수, 접시꽃, 뚱딴지 같은 것들이다. 이들의 공통점은 내 키를 훌쩍 넘어 하늘 높이 자란다는 것이다. 연약한 초본이지만 그 기세와 장엄이 나무 못지않다. 나는 이들의 기세등등하고 투박한 야생성에 끌린다. 곁눈

질하지 않고 힘닿는 데까지 수직으로 치고 올라간다.

해바라기나 수수 뿌리를 유심히 보라. 땅거죽을 움켜쥔 뿌리의 힘줄이 철근 같다. 이들의 공통점이 하나 더 있다. 줄기 속이 대나무처럼 비어 있다. 나는 이 점이 마음에 든다. 과학적인 근거를 정확히 모르겠지만, 단시간에 높이 자라는 식물들은 속을 채우지 않는다. 속을 채우느라 시간을 허비하지 않는다. 오직 꿈꾸고 오직 성장한다. 나는 이 단순한 전념이 마음에 든다. 주저도 없고 타협도 없다. 뻗어 오르다가 쓰러지면 그뿐, 하늘 높이 치솟는 것이 생의 사명이고 목적인 듯이 상승에 집중한다.

이들이 피우는 꽃은 투박하고 단순하다. 기교 없이 아름답고 화려함 없이 우아하다. 이들은 꽃에 시간을 투자하지 않는다. 이들의 꿈은 꽃이 아니기 때문이다. 해바라기나 수수나 접시꽃의 가득한 씨방들, 뚱딴지의 불룩불룩한 구근을 보라. 누구도 꿈의 번성을 막지 못한다. 본능에 충실한 식물들, 꿈을 퍼뜨리는 식물은 멸종하지 않는다.

해바라기는 해를 바라는 것이 아니라
자신이 마땅히 해의 일부라고 믿는다.
그래서 해를 직시한다.
식물은 꿈꾸는 자세를 보여준다.
꿈에 이르는 길은 단순 명료하다.
방향을 정했으면 두리번거리지 않고 직진한다.
하늘이 꿈이라면 자신의 날개를 믿고 상승한다.
꿈은 이루기 위해 있는 것이 아니라
삶을 지속하기 위해 있는 것이다.

식물 집사를 거부한다

새로 알게 된 용어가 있다. 식물 집사. 반려 식물을 키우고 돌보는 사람을 일컫는 말이다. 강아지나 고양이 같은 동물과 더불어 살며 그들을 보살피는 이에게 붙던 '집사'라는 말이 이제 식물에까지 붙는구나 싶었다. 나는 집사라는 용어에 호감을 느끼지 않는다. 집사는 주인이나 보호자가 아니라 시중드는 사람이란 의미이고, 자발적 책임을 지지 못하고 대상에 종속됨을 의미하기 때문이다. 나는 식물을 좋아하고 기르고 보살피지만 식물 집사가 되고 싶지는 않다.

사람들은 무언가를 소유하고 좋아하게 되면 아끼고 살

피고 돌보게 된다. 그 행위를 사랑이라고 오해하기도 한다. 소유와 종속 관계를 강화하고 길들이고 길들다 보면 서로 믿고 친근감을 느끼는 것을 넘어 집착하고 의존하는 관계가 된다. 이게 지극히 자연스럽고 당연한 것처럼 보인다. 그런데 나는 그 대상에 따라 사랑의 방법이 달라야 한다고 생각한다. 아끼고 살피고 돌보는 것이 때로 사랑이 아니며, 그게 사람의 관점이지 대상의 입장이 아닐 수도 있다.

식물이라고 사람과 다를까. 식물 입장에서 보면 사람의 보살핌과 돌봄의 정도를 최소화하는 게 오히려 더 사랑에 가깝지 않을까. 사랑은 나의 기쁨과 나의 유익이지만, 사랑의 궁극은 대상의 온전함과 자유함이 아니겠는가. 식물을 화분에 가두고 기른다는 말은 인간의 돌봄, 즉 개입을 최대화한다는 의미다. 화분이라는 공간은 내가 관리하기 위해 인위적으로 조성한 편의적 환경이지, 식물이 자기 스스로를 돌볼 환경을 제공하는 것은 아니다. 이때 나는 식물을 사랑하는 것이 아니라 식물이 필요해서 이용하는 것이다.

나는 식물을 구입하거나 선물받으면 딱 두 가지로 분류한다. 스스로 생존할 수 있는가, 내가 보살펴야 하는가. 바깥에서 햇볕과 바람과 추위를 견디고 생존할 수 있는가, 환경이 맞지 않아서 실내에서 보살피며 키워야 하는가를 구분한다. 월동이 가능한 식물이면 될수록 화분에 두지 않고 밖에 심는다. 그렇게 해서 돌봄을 최소화한다. 자립하고 생존할 수 있게 해주는 것이 사랑이라고 믿기 때문이다. 월동하지 못하는 식물은 겨울이 닥치기 전에 실내로 들여서 보온해줄 뿐이다. 최소한의 개입으로 나의 책임을 다한다. 잘 자라고 못 자라고, 죽고 살고의 문제까지 내가 깊숙이 관여하는 걸 제한한다. 식물 자신이 얼마만큼은 스스로 책임질 수 있도록 자연조건과 자생력에 맡긴다.

무언가를 좋아하게 되면 사실 이 평정심을 유지하기가 생각보다 어렵다. 사랑하기보다 사랑하지 않기가 더 어렵다는 뜻이다. 강아지가 애교를 부리고, 아름다운 꽃송이가 향기를 터트리면 무심하기가 무척 어렵다. 나도 모르게 애지중지하게 된다. 그런데 내 경험상 식물은 애지중지할수록 약해지고 빨리 죽는다.

나는 성장에 정해진 답이 없다고 믿는다. 환경이 같더라도 자라는 모습은 획일적이지 않다. 자연은 그런 부조화와 다름을 통해 조화를 이룬다. 다양성이란 다른 형태와 방식으로 각기 존재하는 자연의 기본 성격이다. 나는 자연이 상상하기를 좋아한다고 생각한다. 답이 정해진 일보다 답이 없는 일을 좋아하고, 정형적인 것 속에서 자꾸만 변형하고 변이해서 새로운 무언가를 만들어내는 것을 좋아하고, 그 일을 즐긴다는 생각을 한다. 나는 자연의 자식이니 나에게도 당연히 그런 성향이 자리 잡고 있을 것이다.

인간의 삶은 분명하기보다는 오히려 모호하고, 특별하기보다는 일상적이고, 가득하기보다는 허허롭고 외로운 조건에 속해 있다. 나는 식물을 기르면서 자주 생각한다. 나라는 생명체도 자연이 기르는 식물에 불과하다고. 우주의 어느 한 귀퉁이에 스스로 살아내도록 바깥에 방치해둔 것이라고. 자연이나 신이 내게 그런 메시지를 준 적은 없지만, 나는 그렇게 여기며 산다. 자연이 내게 부여한 특별한 의미가 있는지 모르겠지만, 어쨌든 나는 생명을 얻었으므로 목숨을 다해 외로운 조건들과 싸우며 살아간다. 나에게 집사가 있다면 그건 아마도 나 자신일 것이다.

나무를 켜는 시간

목공 수업 이틀째. 톱질을 하고 있는데 선생님이 톱날이 잘못되었다고 알려준다. 톱날에는 자르는 날과 켜는 날이 있는데 그 차이를 아느냐고 묻는다. 자른다는 말과 켠다는 말의 다름을 한 번도 생각해본 적 없는 나는 적이 당황했다.

자르고 켜는 것의 차이는 나무의 결이 기준이 된다. 나무의 결 방향으로 톱질하는 걸 켠다고 한다. 즉 켜는 톱질은 나무의 섬유질을 끊어내는 게 아니라 섬유질과 섬유질 사이에 날을 넣어 가르고 쪼개는 행위다. 자른다는 것은 나무의 결, 섬유질의 방향에 역행해 가로로 끊어내는 행위를 일컫는다. 그래서 결대로 켜는 일보다 결을 거슬러 잘

라내는 일이 힘들었던 것이다.

도끼로 장작을 팰 때도 절단목을 세워놓고 나무의 결대로 내려치면 힘들이지 않고도 쩍 쪼개진다. 경험 없는 자가 나무를 가로로 눕혀놓고 도끼질을 하면 나무가 도끼날을 사정없이 튕겨낸다. 힘을 쓸수록 도끼날이 망가진다. 순리를 거스르면 쇠도 죽은 나무 하나를 이겨내지 못한다.

나는 혈기 왕성하게 헛살았다. 켜는 날과 자르는 날도 구분하지 못했고, 모든 일을 힘으로 해결하려고 덤볐다. 쉬이 해결되지 않으면 내 힘이 모자라서일 거라고 판단해 더욱 근육을 키우는 데 전념했다. 정작 일의 근원과 상대방의 입장을 헤아리려고 애쓰지 않았다. 그렇게 마음의 수분은 메말라 쪼그라들고 비대해진 힘줄은 옹이처럼 몸 밖으로 돌출해 흉측한 괴물이 되었다. 더 무겁고 더 날카로운 도끼를 얻으려고 애썼다.

오늘, 톱질이 낯설다. 바이올린을 켜는 활 같다. 톱날이 중심부를 파고들수록 짙은 향기가 뿜어져 나온다. 향기는 나무의 속마음이다. 젖은 향기가 톱밥으로 쌓인다. 역류하며 살아온 날들이 톱밥처럼 켜켜이 쌓이는 동안 나의 일상은 얼마나 외로웠을까. 나의 힘들은 억지스럽고 무모한 단절을 감내하느라 또 얼마나 쓰라리고 힘들었을까. 유심히 마음의 결을 살핀다.

주저하는 마음

사월은 정찰병처럼 온다. 봄은 지축을 울리며 저돌적인 생명력을 장착하고 진군하지만, 사월은 고양이처럼 조심스럽고 예민하다. 나는 세상에서 가장 믿지 말아야 할 게 사월 날씨라고 생각한다. 이제 겨울이 물러갔겠지 싶어 화분을 꺼내놓았다가 낭패를 당한 일이 몇 번인지 모른다. 겨울의 시기와 투기가 등등한 사월이다.

겨울을 버티지 못하고 떠난 나무들이 있다. 사월이 와서 그 나무를 연둣빛으로 흔들기 전까지는 나무가 정말 죽었는지 알지 못한다. 흔들어도 싹이 트지 않을 때 나는 그 옆에서 계속 머뭇거린다. 행여 늦되는 나무는 아닐까, 아직 살아 있는데 뭣 모르고 뽑아서 정말로 죽게 되면 어쩌나 하는 두려운 마음이 있다.

좋아하는 무언가를 가진 사람들은 자주 망설인다. 그것 앞에서는 마음도 행동도 쉽게 결정하지 못해 머뭇거리곤 한다. 이런 유보적이고 우유부단한 태도는 사람들 사이에서 환영받지 못한다. 결단력과 추진력이 있어야 유능한 사람으로 인정받는다. 그런데 무언가를 아끼는 사람에게 이 머뭇거리는 마음은 어쩔 수 없다.

그녀는 오랫동안 식물을 기르고 정원을 꾸미는 일을 해 왔다. 나는 그녀에게 도움을 청하는 문자를 보냈다. 한낮의 기온이 15도 언저리까지 오른 사월이었다. 마당 한가운데 심어둔 매화나무가 동사해 뽑아냈는데 빈자리가 허전해 그 자리에 심을 만한 나무를 궁리 중이었다. 마당 한가운데에서 향기가 분수처럼 뿜어져 나오면 얼마나 황홀할까 상상하며 만리향을 떠올렸다. 그녀에게 문자를 보냈더니 마땅치 않다고 답장이 왔다. 남부 지방에서는 노지 월동이 가능하지만 내가 사는 곳에서는 만리향이 이겨내지 못할 거라고 했다. 아쉬웠지만 어쩔 수 없었다. 월동도 가능하고 향기도 좋은 적당한 꽃나무를 골라달라고 부탁했다. 그녀가 댕강나무를 추천했다. 처음 듣는 나무라고 했더니 인동과라 향기도 만리향 못지않고 꽃도 오래가는 데다가 꽃이 진 뒤에도 예쁠 거라고 했다. 나는 그 나무를 빨리 구해서 보내달라고 재촉했다. 그녀가 머뭇거렸다.

"좀 더 기다리면 안 될까?"

내 머릿속에는 온통 댕강나무 생각뿐인데, 빨리 녀석을 마당에 심어 향기를 맡고 싶은데 그녀는 과속하는 내 마음을 막아 세웠다.

"느닷없이 한파가 오잖아. 이제 봄이다 싶다가도 추위가 와서 냉해를 입히잖아. 사월이 그래. 기다렸다가 한파 지나고 나면 심는 게 좋지 않을까?"

나는 그녀의 마음을 읽었다. 나무가 온전하길 바라는 마음, 나무가 힘들면 내 마음도 힘들까 봐 헤아려주는 마음. 이 주저함은 지그시 참아내는 마음이고 다치지 않게 하려는 마음이다. 누르고 기다리는 마음이지만 도망치거나 피하는 마음이 아니다.

문장과 문장 사이에도 멈칫하는 사월이 있다. 행간이라고 한다. 바로 읽히지 않고 생각해봐야 속뜻이 드러나는 구간. 사람과 사람 사이에도 이런 사월의 행간이 필요하다. 모든 관계가 직선 구간처럼 시원하게 거침없이 뚫려 있으면 좋겠는데, 조금 돌아가야 하고 조금 참아줘야 하고 조금 기다려줘야 하는 커브 구간이 있다. 지리 시간에 배운 게 있다. 기름진 삼각주는 유속이 빠른 강 상류가 아니라 하류의 느린 커브 지대에 형성된다. 머뭇거리는 마음의 하류에 퇴적되는 아름다운 관계를 나는 '봄'이라고 부른다.

수국즙을 대접하고 싶군요

수국을 보면 그 탐스러운 송이를 짜서 마시고 싶어진다. 맛의 색깔을 상상해보기도 한다. 착즙하기 귀찮으면 머위 꽃봉오리 튀김처럼 송이째 튀겨서 와그작와그작 씹어 먹어도 맛있을 것 같다. 꽃을 먹고 싶다는 표현은 꽃과 극도로 친밀해지고 싶다는 욕망이다. 물질적으로 육체적으로 섞이고 싶다는 의미니까.

먹는 것과 말하는 것은 별개의 행위 같지만 실은 분리될 수 없다. 말하는 이유는 살아가기 위해서이고, 살아가기 위해 먹어야 한다. 인류는 생존을 위해 언어 감각을 발달시켰다. 그리고 인류는 언어만큼 다양한 음식을 발달시켜 생존 이상의 삶을 모색했다.

사람의 삶에 먹는 일만큼 숭고하고 거룩한 일이 있을까. 먹는다는 일이 얼마나 소중한지 풍족한 밥을 가진 사람들은 잊는다. 먹는 행위만큼 직접적으로 행복감을 주는 일도 없다. 먹는 것에 대한 추구는 집요하다. 국수나무나 조팝나무, 이팝나무에서 보이듯 꽃도 밥이라는 처연한 상상력이 꽃 이름에 남아 있다. 그래서 '꽃으로 밥을 지어 먹는다'는 말은 낭만적인 수사가 아니라 인간 조건의 슬픔을 드러내는 말이기도 하다.

봄이 되면 숲의 안쪽이나 숲 언저리에서 가장 먼저 분주하게 움직이는 나무들이 있다. 잡목이라고 부르는 키 작은 관목들이다. 관목은 대체로 밑동에서부터 여러 갈래로 가지를 치는 나무를 가리킨다. 진달래나 개나리, 산수국을 떠올리면 쉽다.

큰키나무라고도 부르는 교목이 잎을 피워 햇빛을 가리기 전에 관목은 부지런히 생존을 모색해야 한다. 관목은 줄기가 곧고 키가 큰 교목처럼 잎부터 피울 시간이 없다. 그래서 꽃부터 피운다. 봄기운이 퍼지면 숲에 진달래가 가장 먼저 붉어지는 이유다. 숲을 버리고 숲 밖으로 나가는 전략을 택한 관목들도 있다. 개나리는 사람이 사는 공간과 맞닿은 담장으로 갔고, 국수나무나 조팝나무는 숲과 들판의 경계로 나와 희게 흐드러진다.

국수나무라는 이름에서 보듯이 이 나무의 꽃은 국수 가락처럼 희다. 조팝나무는 작고 하얀 꽃들이 다닥다닥 붙은 모양이 좁쌀을 튀겨놓은 것 같다고 해서 붙은 이름이다. 배를 곯던 시절에 꽃도 국수나 밥으로 보였던 모양이다. 쌀밥을 묘사한 나무도 있다. 이팝나무의 꽃은 쌀밥이 사기 그릇에 고봉으로 담긴 듯한 모습이다.

나는 꽃송이가 수북한 꽃을 좋아한다. 머위도 좋아하고 불두화도 좋고 수국도 좋고 아까시나무의 꽃도 좋아한다. 그 꽃들을 정말 먹을 수 있으면 좋겠다는 생각을 했었다. 실제로 머위와 아까시나무 꽃은 봉오리째 따다가 엷게 튀김옷을 묻혀 튀기면 환상적인 별미가 된다. 수국을 보면 군침이 돈다. 수국을 식용으로 한다는 말을 들어본 적은 없지만 탐스럽게 핀 수국을 보면 식욕이 돋는다. 나처럼 수국을 먹겠다는 생각을 한 시인이 제주에 살고 있었던 모양이다. 수국을 짜서 즙을 마시겠다는 시가 신춘문예에 발표됐다.

유월의 제주
종달리에 핀 수국이 살이 찌면
그리고 밤이 오면 수국 한 알을 따서
착즙기에 넣고 즙을 짜서 마실 거예요
수국의 즙 같은 말투를 가지고 싶거든요
그러기 위해서 매일 수국을 감시합니다

이원하, 「제주에서 혼자 살고 술은 약해요」 중에서
(『제주에서 혼자 살고 술은 약해요』, 문학동네, 2020)

나도 시에서 말하는 것처럼 수국의 즙 같은 말투를 가지고 싶다. 내가 하는 말들이 산방화서로 피어나서 수북수북 우리 사이를 채웠으면 좋겠다. 육식동물은 온기를 다른 동물의 몸을 취해서 얻는다. 초식동물은 온기를 식물에서 얻는다. 식물은 물과 햇살에서 온기를 얻는다. 그렇다면 시인의 체온은 어디에서 오는 것일까.

수국이 피면 친구들을 불러 이 시를 낭송하려고 한다. 수국의 즙을 짜서 한 잔씩 대접하려고 한다. 그러곤 실험해봐야지. 식물의 체액을 마시고도 사람의 체온이 따뜻할 수 있는지, 수국의 색깔대로 피가 바뀌고 색색의 말들이 입에서 흘러나오는지.

식물 중에도 저 같은 식물이 있나요?

어느 날 딸아이가 불쑥 물었다. 만약에 아빠 자식 중에 동성애자가 있다면 어떻게 할 거야? 딸은 진지하게 말했고, 나는 바로 대답하지 못하고 생각에 잠겼다. 누군가를 사랑하는, 지극히 당연한 일에 대하여 묻는 것인데도 나는 쉽게 대답하지 못했다.

흔한 일은 아니지만 내 주위에도 커밍아웃한 자식을 둔 부모가 있다. 아들이 중학생 때부터 가까운 친구들에게 성 정체성을 고백했는데 부모에게는 성인이 될 때까지 함구했다고 한다. 기대가 컸던 아들이라 부모의 충격은 컸고, 배신감도 낙담도 클 수밖에 없었던 모양이다. 되돌릴 수 없는 그 일을 두고 인연을 끊자고 선언한 뒤 부모와 아들은 지금껏 보지 않고 있다고 들었다. 서로에게 못할 비극이다.

루카 구아다니노 감독의 〈콜 미 바이 유어 네임〉은 동성애를 다룬 영화다. 열일곱 살 소년 엘리오는 끌리는 남자를 만난다. 그들은 여름보다 뜨거웠지만 그 사랑은 힘겹다. 사랑하는 남자를 떠나보낸 엘리오가 힘들어하자 그의 아버지가 이런 이야기를 한다.

"그렇지만 너흰 아름다운 우정을 나눴잖니. (……) 아프기 싫어서 아무것도 느끼지 않게 만들겠다니 그런 낭비가 어디 있니. 이것만은 기억하렴. 우리 몸과 마음은 단 한 번만 주어진단다. 너도 모르는 사이에 마음이 닳아 해지고 몸도 그렇게 되지. 아무도 바라봐주지 않는 시점이 오고 다가오는 이들도 적어진단다. 지금의 그 슬픔, 그 괴로움을 간직해라. 네가 느꼈던 기쁨과 함께."

나는 엘리오의 아버지처럼 말할 기품이 없다. 그 품격은 감수성의 문제가 아니라 그릇된 편견과 고정된 묵은 관념과 싸울 수 있느냐 하는 용기의 문제일 것이다.

한 식물 갤러리 사이트에 식물에도 동성애가 있느냐는 질문을 올린 사람이 있었다. 어떤 청년이 자신의 성 정체성을 비관하며 올린 글이었다. 그는 자신을 천하의 불효막심한 자식으로 탓하고 있었고, 스스로를 혐오하고 있었다. 그 아래에 '젊은농부'라는 닉네임을 쓰는 이가 진심 어린 댓글을 올렸다. 나는 그 댓글에서 인간의 가능성, 지구의 한 가닥 희망을 엿보았다.

"죄송스럽게도 제가 그런 식물이 있는지에 대해서는 모릅니다. 하지만 식물에 비유하여 나름의 응원을 드리자면, 식물은 어떤 모습과 독특한 생존 방식을 갖고 있더라도 변함없이 식물입니다. 어떤 식물은 처녀 수정을 하기도 하고, 어떤 식물은 동종이나 이종의 도움 없이는 수정할 수 없는 경우도 있어요.

명약에 쓰이는 약재라 불리는 식물들은 거의 대부분 농부에겐 골칫거리인 잡초이기도 하지요. 사람들이 먹을 수 없는 식물에게, 혹은 예쁘지 않은 식물에게 '잡'이라는 이름을 붙여 잡초라고 부르지만, 그렇게 생각하자면 저만의 독특하고 아름다운 삶의 방식을 지닌 그 많은 식물들에게 잡초라 이름 붙이는 우리들의 다양한 삶 역시 '잡'이라 불려야 하지 않을까요? 우리가 식용과 관상용으로 사용하는 식물은 전체 식물의 5퍼센트도 채 되지 않으니까 말이지요. 그럼에도 우리의 어리석음은 95퍼센트에게 '잡'이라는 이름을 선물하고 있습니다. 세상에 필요 없는 삶은 하나도 없습니다. 식물에도 인간에도 말이지요."

대통령이 되겠다고 나선 후보가 텔레비전 토론에서 상대에게 이런 질문을 던졌다. 그것은 내가 들은 가장 슬픈 질문이었다. "동성애에 찬성하십니까, 반대하십니까?" 숨이 턱 막혔다. '예'라고 답해도, '아니오'라고 답해도 당신을 궁지에 몰아넣겠다는 비열하고 얄팍한 저의를 숨긴 질문이었다. 전형적인 나쁜 질문의 표본인데 우리 사회에는 이런 닫힌 질문들이 난무한다. 신입생을 선발하는 한 대학교 로스쿨 면접에서 실제로 있었던 질문이다. "박정희와 노무현 대통령 중 누가 나은가?" 이렇게 프레임을 짜놓고 편 가르기를 강요하는 질문에는 품격도 인간됨도 존중도 없다.

동성애든 페미니즘이든 정치 성향이든 모든 삶의 질문엔 정답이 있을 수 없다. 어느 하나가 옳으면 나머지는 다 틀리는 방정식은 자연 세계에 없다. 그건 인간의 오만함이고 아둔함이고 우주의 재앙이다. 자연은 질문하고 생명체는 각자의 생태와 삶으로 답할 뿐이다. 정상과 비정상이 존재하지 않는다. 자연에 근본 원리가 있다면, 그것은 끊임없는 변이와 변종 없이는 공진화(共進化)도 번성도 영속도 불가능하다는 사실 하나뿐이다.

나는 그날 딸아이에게 하지 못한 대답을 이 글로 대신하려고 한다. 사실 내가 대답하고 말고의 문제가 아니다. 타인의 사랑에 대해 이러쿵저러쿵 왈가왈부하는 것이야말로 참 주제넘고 우스꽝스러운 짓이 아니겠는가.

햇볕을 모아두는 식물은 없다

나무가 훌쩍 자라면 새들을 불러들인다. 나무가 깊어질수록 새들이 숨어 지내기 좋다. 새들은 하루 종일 대화하는 데 시간을 쓰는 것 같다. 쉴 틈 없이 모이 같은 말들을 쏟아낸다. 새들은 말의 깃털을 뽑아 둥지를 짓는 데 쓰는 것이 아닐까. 새 둥지에 지저귀는 소리가 가득하다. 새끼들이 알에서 부화하는 게 아니라 말들이 알을 깨고 쏟아져 나오는 거라는 상상이 들 정도다.

새를 관찰하면서 한 가지 놀라운 점을 발견했다. 말은 저토록 많이 모아두면서 먹이를 모아두지는 않는다는 것. 곤충이나 나무 열매가 항상 풍족하지 않을 텐데 사람처럼 비축해두는 일이 없다. 새는 트렁크가 없다. 그래서 새는 언제든 가볍게 날 수 있고 언제든 여행을 떠날 수 있다.

햇볕을 열심히 모은다고 해가 되지 않듯이, 시간을 열심히 모은다고 오늘이 되지는 않는다. 햇볕을 모아두는 식물은 없다. 나는 사력을 다해 사는 나무를 본 적이 없다. 생명의 시간은 직선이 아니라 순환의 과정이라는 것을 저들은 이해하는 것이다. 나는 농경족의 습성으로 여름 햇볕을 모아서 겨울에 쓰려고 시도했다. 살을 까맣게 태웠지만 겨울에 체온이 데워지는 효과는 없었다. 이제 새들을 보고 똑똑해진 나는 온기가 있는 말들을 품어서 부화하는 데 주력한다. 햇살 좋은 날 데워진 공기를 마시고 보드라운 햇볕을 쬔다. 따로 목표는 없다.

4부

글의 채도

당신이 내게 보여준 말의 색채가
어느새 나의 빛깔이 되었다.

시의 오묘한 세계

내가 처음 시를 쓸 때 이상한 걸 발견했다. 비가 온다고 쓰는 것, 눈이 내린다고 쓰는 것, 햇볕이 쏟아진다고 쓰는 것. 뭐가 이상하냐고? 학교에서 지구는 돈다고 배웠다. 매일 도는 게 어김이 없어서 낮이 밤이 되었다가 다시 낮이 된다고 했다. 그렇다면 비는 왜 오기만 하고 돌아가는 건 까먹은 것일까. 눈은 내렸으면 다시 올라가야지 왜 올라가지 않는 것일까. 햇볕은 왜 쏟아지기만 하고 해에게 돌아가지 않는 것일까. 이런 의문으로 며칠 잠을 자지 못했다. 내가 잠든 한밤중에 비가 먹구름에게 주룩주룩 돌아가고, 눈이 하늘로 펄펄 올라가고, 태양이 아주 커다란 청소차를 끌고 와 햇볕을 몽땅 쓸어 담아 되가져가는 게 아닐까 싶어서.

내가 처음 쓴 시는 대략 이런 내용을 담고 있었다. 시를 제출할 생각을 하니 엄청 두려웠다. 선생님한테 이런 바보 같은 생각을 하는 녀석이 있다고 꾸지람을 들을까 봐. 그래서 숙제를 못 했다고 둘러댔다. 차라리 안 해서 혼나는 게 낫다고 생각했다. 나중에 커서 알게 되었다. 엉터리 같을수록, 아주 바보 같을수록 좋은 시가 된다는 사실을. 시의 세계가 이토록 오묘하고 요상하다는 것을 어릴 때는 몰랐다.

내가 아는 시인 중에 신서희라고 있다. 단 한 편으로 나를 사로잡은 기이한 시인이다. 신서희 시인은 군산푸른솔초등학교 2학년이다. 지금은 삼학년이 됐을지도 모르겠다. 신서희네 담임선생님이 보내준 동시집 『감꽃을 먹었다』(군산푸른솔초등학교 2학년 4반 어린이, 학이사어린이, 2021)를 읽고 신서희 시인을 알게 되었다. 시인이 쓴 시는 제목부터 예사롭지 않았다. '아무거도 안 해다'였다. 마치 '13인의아해가도로로질주하오'로 시작되는 형이상학적이고 난해한 시, 「오감도」를 쓴 천재 시인 이상이 현현한 것이 아닌가 싶을 정도였다. 시인은 놀랍게도 '아무것도 안 했다'라는 문장이 올바름에도 시옷과 쌍시옷 받침을 다 빼버린 시적 파격을 가했다. 더 놀라운 건 시 본문도 딱 한 줄뿐이라는 사실이다. 맞다. 예상한 대로 본문도 제목과 똑같은 '아무거도 안 해다'이다. 받침을 뺀 것도 똑같다.

유추해보건대 시 내용처럼 시인은 만사가 귀찮았던 걸로 보인다. 아무것도 안 하고 싶은데 선생님이 시를 써서 가져오라고 숙제를 냈나 보다. 아무것도 하고 싶지 않았던 시인은 시를 쓰는 일이 죽을 맛이었을 것이다. 그래서 있는 그대로 솔직하게 아무것도 안 하고 싶은 마음을 고스란히 담아 단 한 줄짜리 시를 완성했으리라. 선생님도 시를 본 순간 나처럼 직감했을 것이다. 「나와 나타샤와 흰 당나귀」를 쓴 백석 시인이나 「향수」를 쓴 정지용 시인을 떠올렸을지도 모른다. 선생님은 백지나 다름없는 극도로 짧은 시를 심드렁하게 건네는 서희에게 조심스럽게 요청했을 것이다.

"서희야, 시가 제목이 없네? 그래도 제목은 달아야 하지 않겠니?"

그러자 시인은 더 생각해볼 것도 없이 선생님이 들고 있던 볼펜을 빌려 그 자리에서 시 전문과 똑같은 제목을 한 줄 더 써넣는 것으로 화룡점정, 대미를 장식했을 것이다. 아유, 귀찮아 죽겠네, 하는 표정을 지으며.

이건 어디까지나 시 좀 써본 내가 신서희 시인의 시를 읽고 추리해본 것이다. 아닐 수도 있겠지만 거의 맞을 것이다. 물론 내 생각과 달리 시인은 시를 길게 여러 줄 썼다가 압축미와 절제미를 보여주려고 다 지우고 단 한 줄만 남기는, 각고의 퇴고로 이 시를 완성했을 수도 있다. 그러나 내가 아는 한 천재들은 그렇게 억지스럽게 고쳐가며 쓰지 않는다. 벼락처럼 번쩍하고 단숨에 일필휘지로 끝낸다. 아무튼 신서희 시인에게 물개 박수를 보낸다. 존경스럽다.

나도 아무것도 안 하고 싶을 때가 너무너무 많지만 그걸 시로 쓸 생각을 하지도 못했고, 생각을 했더라도 그걸 감히 제출할 용기를 내지 못했을 것이다. 세상은 아이에게도 만만하고 호락호락하지 않다. 학원이, 학교가, 부모가 끊임없이 무언가를 하라고 시키고 검사하고 감시한다. 인생은 고해다. 많은 아이들의 소원이 '빨리 어른이 되는 것'이란 다. 어른은 마음대로 할 수 있으니까(커보면 아니란 걸 단박에 알게 되지만). 어른들은 시간이 너무 빨리 가서 무서운데, 아이들은 시간이 너무 천천히 간다고 울상이다. 신서희 시인은 폭발할 것 같은 내면의 마그마를 예술로 승화한다. 제발 나를 내버려두라는 절규를 담아, 아무것도 안 해도 되는 유토피아를 꿈꾸며.

나는 예술가로서뿐만 아니라 인간으로서도 신서희 시인을 존경한다. 저 나이에 저런 강직한 줏대를 갖기가 쉽지 않다는 걸 알기 때문이다. 진심 짱 멋지다. 나도 저렇게 속에 있는 말을 내지르며 살고 싶은데 사람들이 손가락질할까 봐 엄두도 못 낸다. 나는 신서희 시인이 커서도 누구 앞에서든 쫄지 않고 할 말은 하고 사는 어른이 되기를 바란다. 마음대로 자유롭게 사는 어른이 되기를 진심으로 바란다.

언어의 연금술사

나르키소스 신화를 모르는 사람은 거의 없을 것이다. 자신의 아름다운 모습에 반해 매일 호숫가를 찾았던 미소년. 소년은 자신의 얼굴을 물거울에 비춰 보며 매혹되고 결국 호수에 빠져 죽는다. 소년이 죽은 호숫가에 꽃 한 송이가 피어났고, 사람들은 소년의 이름을 따서 그 꽃을 나르키소스(수선화)라고 불렀다.

파울로 코엘료의 『연금술사』 첫머리에는 나르키소스 신화와 조금 더 진화된 버전이 나온다. 나르키소스가 죽자 상실감에 휩싸인 숲의 요정들이 호수에 찾아온다. 눈물을 흘리고 있던 호수가 요정들에게 묻는다. 나르키소스가 그렇게 아름다웠나요? 요정들이 당황해서 되묻는다. 그게 무는 말이죠? 날마다 나르키소스가 얼굴을 비춘 곳이 여기인데 당신이 모른다는 게 말이 되나요? 호수는 잠시 생각하다가 조심스럽게 답했다. 나는 나르키소스가 그토록 아름답다는 걸 몰랐어요. 그가 물거울을 들여다보려고 내게 가까이 다가올 때마다 나는 그의 눈동자에 비친 나의 아름다운 모습을 보느라 정신이 없었으니까요. 이제 그가 죽었으니 더 이상 나를 볼 수 없어 슬퍼서 우는 거랍니다.

나는 『연금술사』에서 이 대목을 특히 좋아한다. 짧은 이야기 속에 이보다 정확하게 인간의 본성을, 혹은 인간의 진실을 우화적으로 드러낸 경우가 드물기 때문이다. 그렇지 않은가. 인간은 아름다운 걸 볼 때도 그걸 보고 있는 자기 자신에게 도취되는 존재다. 아름다움을 보고 있는 자신을 증명하고 남기기에 여념이 없어 셀카 버튼을 눌러댄다. 누군가를 도울 때 불행한 사람이 행복해지기를 바라는 마음도 있지만, 나의 선한 행위를 누군가 알아주기를 바라고, 스스로를 훌륭하게 여기는 자부심이 더 크다.

"나 어때 보여?"

"나 머리 잘랐어."

"이 옷 어울려 보여?"

사람들은 타인을 사랑하기 위한 말들도 개발하지만, 자신이 사랑받고 관심받기 위한 말들도 무수히 만들어낸다. 내 생각에 소설이나 그림이나 음악이나 춤이 모두 자기애의 발로다. 장르가 다를 뿐 본질은 자신에 대한 애정 고백이다. 나르키소스를 넘어 자기애에 빠진 호수다.

나도 그렇다. 멋진 문장이 쓰인 날은 수선화가 핀 호숫가로 달려가 얼굴을 들여다보고 싶어진다. 호수의 표면에 그 문장들을 새겨두고 싶어진다. 겨울에 호수가 얼면 내 문장들이 양각으로 도드라지기를 바란다. 얼음이 녹아 바다에 흘러 들어가면 물고기의 푸른 등과 비늘에 내 문장이 박히기를 바란다. 물고기가 수면 위로 튀어 오를 때마다 나의 문장들이 빛나게 될 것을 상상한다.

사람은 태어나서 죽을 때까지 자기만의 언어 몇 개를 얻어 사랑하고 가꾼다. 유독 끌리는 말들을 자주 쓰게 된다. 길들인 그 말들이 나의 생각이 되고 나의 마음이 되어 나를 나로 살게 한다. 누구에게는 아무것도 아닌 말이 내게 와서 가장 소중한 말이 되고, 가장 나중까지 필요한 말이 된다.

일생을 같이하는 동안 그 말은 내 삶과 화학반응을 일으킨다. 공기처럼 흩어져 떠돌던 말이 내게 와서 빛나는 황금이 된다. 자신의 언어를 가진 사람들은 그러므로 언어의 연금술사다. 사는 동안 자신의 언어를 제련한 사람들이다. 언어들은 용도에 맞게 각각의 색채를 가진다. 크레파스에도 가장 빨리 닳는 색이 있듯이 사람마다 유독 많이 사용하는 언어가 있다. 같은 사람을 두고도 어떤 이는 빨갛다고, 어떤 이는 파랗다고, 어떤 이는 노랗다고 한다. 자신이 많이 사용하는 색깔로 세상 모든 것을 보고 인식하기가 쉽다. 그렇기에 타인이 바라보는 색깔이 온전히 나라고 하기는 어렵다. 나는 내가 칠하는 색깔이고 내가 정의하는 언어다. 그럼에도 여전히 나는 내가 아닌 누군가가 말한 색깔로 불리고 인식된다.

당신이 타인에게 보여준 언어가 되돌아와 당신이 된다. 당신이 별을 보여줬기 때문에 우주가 있다는 걸 나는 안다. 당신이 먼저 와 있었기 때문에 기다리는 사람인 걸 나는 안다. 당신이 꽃을 들고 왔기 때문에 향기로운 사람인 걸 나는 안다. 당신이 보고 싶다고 말했기 때문에 다정한 사람인 걸 나는 안다. 그렇게 당신이 내게 보여준 말의 색채가 어느새 나의 빛깔이 되었다는 걸 부인하기는 어렵겠다.

당신은 나의 호수이고, 당신은 내 눈 속에서 자신을 본다. 당신에게 보여주는 나의 말이 거울 같기를 바란다. 내가 제련한 언어의 연금술로 당신을 비출 수 있기를 바란다. 당신이 얼마나 아름다운 사람인지 알 수 있도록.

삶이 글을 만드는 순간

시험공부를 핑계로 가끔씩 친구의 원룸에 갔다. 친구와 나는 죽이 잘 맞았다. 정서도 비슷했고 책을 좋아하는 점도 같아서 이야기가 잘 통했다. 우린 이성에 대해서, 『데미안』의 아브락사스에 대해서, 요절한 천재 시인에 대해서 밤늦도록 이야기하곤 했다. 그때 우리가 나눴던 이야기들은 흐릿하지만 지금도 또렷하게 기억나는 게 있다.

친구가 밤참으로 라면을 끓여주곤 했는데 내가 기억하는 건 그때 코를 박고 먹었던 기막힌 라면 맛이 아니다. 라면을 끓이면 냄비째 가져와서 상 가운데 올려두고 다투어 먹는 게 맛인데 친구는 그러지 않았다. 대접에 라면을 나눠 담고 종발에 김치를 담아 정갈하게 소반에 올려놓았다. 나는 그게 친구의 깔끔한 성격 때문이라고 생각했다.

"그렇게 하면 설거짓거리가 느는데 귀찮지 않아? 편하게 먹으면 될 텐데."

친구가 씩 웃으며 답했다. 자기도 그러고 싶은데 엄마가 독립생활을 허락하면서 당부한 게 있다고.

"혼자 지내더라도 대충 차려서 허기를 때우듯이 먹지 말거라. 밥 한 끼를 먹더라도 격식을 갖춰서 품위 있게 먹어라. 그게 네 삶에 대한 예의다. 네가 네 자신을 모셔라."

나는 지금도 친구 어머니가 당부했다던 그 말의 기품을 잊지 못한다. 그 가르침대로 살려고 나도 애쓴다. 사람들은 남 앞에는 애지중지 아끼는 그릇을 내놓고 정작 자신에게는 가장 허름한 접시를 내놓는다. 자신이 스스로를 아무렇게나 취급하면서 남들이 자신을 존중해주기를 바란다. 이상한 일이다.

라면을 먹고 나서 고마운 마음에 내가 설거지를 할라치면 친구는 나를 말렸다. 설거지도 꼭 자신이 했다. 내가 너무하다고 타박하면, 넌 손님이잖아 하고 어물쩍 넘겼다.

"우리 사이에 손님이라니, 너무 야박한 거 아니야?"

"나도 설거지하는 거 싫어. 설거지 좋아하는 사람이 어디 있겠어? 싫어서 내가 하는 거야."

"뭐, 싫어서 한다고? 말이 앞뒤가 안 맞잖아?"

"내가 싫어하는 일을 남이라고 좋아하겠어? 싫은 일을 남이 자꾸 해줘버릇하면 내가 그걸 은근히 바라게 될 거 아니야. 그러면 그 일이 점점 더 싫어질 게 뻔하고."

"그것도 어머니한테 배운 거야?"

"엄마 자식인데 어련하겠어? 하하."

생활은 의식의 표면이고 삶의 깊이를 반영한다. 그 사람의 과거와 미래를 연결하는 고리이고, 이성과 감성을 결합하는 지점이다. 생활은 속일 수 없는 그 사람의 진실이다. 나는 친구에게서 라면을 얻어먹으며 글을 쓰는 마음, 글쓰기의 자세를 배웠다. 모든 글에는 그 사람의 삶의 태도가 스며 있고, 삶의 태도는 생활에서 온다.

내가 나를 존중하지 않으면서 남에게 사랑받고 인정받는 글이 쓰이길 기대하면 안 된다. 남에게 싫은 것을 떠넘기고 할 일을 제대로 하지 않으면서 삶의 문장이 쓰이기를 기대하는 건 슬픈 일이다. 자신이 산 만큼만 쓴다. 진실한 글을 쓰고 싶다면 내가 복무하고 있는 생활의 감각을 무디게 방치하지 말아야 한다. 아름다운 글은 설거지를 하는 일 같은 것, 스스로를 아끼는 자존 같은 것, 일상을 소중하게 여기는 태도 같은 것에서 나온다. 나는 그렇게 믿으며 쓴다.

사람에게 직립만 한 축복이 있을까. 생각과 말과 노래와 그림과 글들이 다 직립의 선물이다. 수평이 수직으로 전환되는 놀라운 사건이 직립이다. 수평적인 삶은 네 다리의 근육에 의존해서 이루어진다. 수직적인 삶은 척추를 세워 머리를 하늘로 쳐들고 얼굴을 드러낸다.

나는 한 조상을 떠올린다. 지금으로부터 사백만 년 전 어느 날, 네발로 초원을 달리던 그는 문득 더 먼 데까지 보고 싶었다. 멀리 보는 것은 생존에 유리했다. 그는 상체를 일으켜 세우기를 반복했고, 두 다리로 버티고 걷기를 연습했고, 마침내 직립보행을 시작했다. 최초로 직립을 이룬 나의 조상은 알지 못했을 것이다. 인류가 사진기를 만들고 달나라에 가고 밤을 환히 밝히고 놀이공원을 만들게 될 줄을.

인류는 직립을 통해 말을 얻었다. 네발로 걷는 동물은 소리를 내는 기관인 폐와 후두와 인두와 구강의 연결이 지면과 수평하게 돼 있다. 직립은 90도로 꺾인 척추와 머리뼈를 위로 펴 상체를 일으켜 세우는 혁신이다. 수직 자세 덕분에 후두가 아래로 내려오고, 울림통 역할을 하는 인두가 공명하는 공간을 확보하게 되었다. 우뚝 섬으로써 울부짖음이 아니라 다양한 음성언어를 구사할 수 있게 되었다.

불과 도구와 말은 인류가 생존할 수 있게 도왔다. 뇌가 커졌고, 삶의 지식을 축적해나갔다. 사냥한 고기와 채집한 열매는 늘 부족했다. 굶주림은 두려움만큼 치명적이었다. 자연의 무서움과 위대함을 알았고, 그 넘볼 수 없는 힘을 신이라는 이름으로 관념했다. 살고 죽는 것, 아이를 낳고 기르는 것, 식량을 얻는 것, 모든 것이 신의 뜻에 달려 있다고 믿었다. 비가 내리지 않아도 너무 많은 비가 내려도 엎

드려 빌었고, 동굴 벽면에 사냥감이 잡히기를 바라는 마음을 그렸다. 그것은 종교와 예술의 기원이 되었다. 가축을 기르고 곡식을 재배하면서 생산물의 종류와 수효를 헤아리고 그것을 표시해둘 필요성을 느꼈다. 기호를 만들어 갑골과 파피루스에 새기면서 문자 시대가 열렸다.

인류는 직립함으로써 인간(人間)이라는 이름도 갖게 된다. 하늘과 땅 사이에서 하늘의 뜻과 땅의 뜻을 전하고 연결하는 역할을 부여받았다. 세상천지와 우주 만물의 의미를 헤아리고 따를 줄 아는 지혜를 가진 존재라는 자부심이 인간이라는 명칭에 담겨 있다.

유한한 존재는 삶과 죽음, 탄생과 소멸의 시간을 건넌다. 하늘과 땅과 인간, 그 누구도 이 법칙에 예외는 없다. 시간은 궤도를 따라 흐르고 궤적을 남긴다. 인간은 그 흐름의 흔적을 읽는다. 깨우쳐 알게 된 것들과 배워서 알게 된 것들을 남기려 했고, 후세에 전해지기를 바랐고, 그 염원으로 책이 발명되기에 이른다. 그러므로 책은 인류 최초로 직립의 모험을 감행했던 한 조상이 우리에게 남긴 사백만 년 동안의 그리움이다.

그리움의 유산이 없었다면, 나는 지금 이 글을 쓰지 못할 것이다. 책을 읽는 황홀한 축복도 갖지 못하리라. 조상이 나에게 말한다. 그토록 어렵게 사람의 지위를 얻었으니 사람답게 말하고 사람답게 살아라. 그토록 간절하게 말과 글을 전했으니 진실을 말하고 사랑을 쓰고 아름다움을 전해라. 가슴을 펴고 머리를 쳐들고 얼굴을 드러낸 이유를 사는 동안 잊지 말아라. 부디 멀리 보고 먼 데까지 다녀라.

국어사전 사용법

과장을 보태면 나는 상 타는 게 쉬웠다. 그런데 함께 주는 부상이 허구한 날 사전이었다. 쓸모없이 처박아두는 사전을 꼬박꼬박 상품으로 주는 선생님들의 미친 센스라니. 어른들은 왜 자신이 아이였을 때 갖고 싶어 했던 것들을 모조리 까먹는 것일까? 혹시 상을 받아본 적이 없어서 아이의 마음을 모르는 것이 아닐까? 그렇게 사전이라면 넌더리 냈던 내가 지금은 국어사전을 무척 아끼는 사람이 됐다.

인터넷으로 검색할 수 있는 사전이 많지만, 나는 지금도 박엽지로 촘촘하게 인쇄하고 엮은 종이 사전을 애용한다.

글을 쓰려는 사람에게 사전은 문장의 신을 만나기 위한 경전과 같다. 머릿속이 복잡할 때나 마음이 어수선할 때도 나는 사전을 열어본다. 단어들이 의식 전환을 일으킬 뿐만 아니라 어떤 희귀한 단어는 발견의 기쁨을 누리게 한다. 사전을 뒤적이는 일은 일종의 산책이다. 어떤 단어는 창작욕을 샘솟게 하고, 어떤 단어는 향수를 불러일으킨다. 익숙함과 낯섦이 교차하고, 여태껏 내가 잘못 알고 있던 오류를 바로잡는 기회도 제공한다.

이응으로 시작하는 낱말들을 들춰보다가 '우묵하다'와 '우련하다'라는 말에 꽂혔다. 우묵하다는 가운데가 둥그스름하게 푹 패거나 들어가 있는 상태를 말하는 형용사다. "버려진 소파 한가운데가 '우묵했다'. 거기에 앉았을 사람의 빛바랜 기억이 고여 있었다." 나는 이런 문장을 지어 우묵하다에 태그를 달아 언어 창고에 저장해뒀다. 우련하다는 그림자나 불빛 같은 형태나 빛깔이 보일 듯 말 듯할 정도로 엷고 희미할 때 사용한다. 봄비가 어른거리는 불빛처럼 내리고 있던 날 나는 이렇게 썼다. "'우련한' 봄비가 만개한 벚나무 가지를 흔들며 내리고 있었다."

사전을 읽다가 '졸가리'란 생소한 단어를 만났다. '줄거리'의 오자인가 싶었는데 잎이 다 떨어진 나뭇가지, 즉 사물의 군더더기를 다 떼고 남은 뼈대를 이르는 말이었다. 줄거리는 가지, 덩굴, 줄기 등에서 잎을 뺀 부분이고, 사물이나 언행의 중요한 부분을 말한다. 글로 치면 졸가리는 글의 요점을 간추린 개요, 줄거리는 전체 내용을 축약한 설명쯤이 될 것이었다. 졸가리의 큰 말이 줄거리라고 보면 되겠다. 식물 부위에서 따온 말에 '고갱이'도 있다. 고갱이는 줄기 한가운데의 연한 심을 이른다. 그래서 사물의 핵심이라는 의미로 쓴다. '대강이'는 동물의 머리를 낮추어 부르는 말인데 고갱이처럼 핵심이란 뜻으로 쓴다.

내가 주로 활용하는 사전은 성안당에서 펴낸 『국어대사전』과 보리출판사에서 펴낸 『보리 국어 바로쓰기 사전』이다. 둘 다 남영신 선생이 엮었다. 『보리 국어 바로쓰기 사전』은 일반 국어사전처럼 모든 단어를 나열하는 것이 아니라, 한국인이 정확하게 사용하지 못하는 조사와 어미, 혼동해서 쓰는 낱말의 의미와 용법 차이 등을 설명해놓았다. 글을 올바로 쓰려는 사람에게 도움이 될 사전이다.

오래전부터 애용해왔던 사전은 박용수 선생이 엮은 『우리말 갈래사전』이다. 이 사전의 특징은 마음속의 생각과 사물에 딱 들어맞는 낱말을 찾아볼 수 있게 길잡이 구실을 한다는 점이다. 일반 국어사전이 어휘 향상용 사전이라면, 이 사전은 작문용 사전이라고 할 만하다. 사람의 몸, 사람의 행위, 사람의 마음, 사람의 별칭, 일상생활과 같은 큰 갈래를 정하고, 이를 다시 품사별, 용어별, 유의어별로 소분류해서 정리해놓았다. 글을 쓰려는 사람에게 도움이 될 사전이다.

최종규 선생이 쓴 『새로 쓰는 비슷한 말 꾸러미 사전』은 말 그대로 비슷한 단어들을 한꺼번에 살펴볼 수 있도록 모아두었다. 쑥스럽다, 멋쩍다, 머쓱하다, 열없다, 남우세하다, 스스럽다, 스스럼없다가 '창피하다' 항목에 묶여 있어 어휘 공부에 도움을 준다.

어렸을 때 이런 생각을 했다. 가난한 집은 텔레비전이 없는 집이 아니라 사전이 없는 집이라고. 지금은 다르게 생각한다. 가난한 사람은 노트북이나 스마트폰이 없는 사람이 아니라 그 안에 자신의 이야기, 자신의 언어를 모아두는 문서 폴더가 없는 사람이라고.

사는 동안 사람은 한 권의 사전이 된다. 일일이 기억하지는 못하지만 일생 동안 자신이 사용했던 어휘와 정의 내린 개념들이 빼곡히 세포에 기록된다. 기록한 페이지들을 한 번도 펼쳐보지 않고 생을 마치는 사람도 있고, 그 단어들을 간추려 자신만의 문장으로 엮고 가는 사람도 있다. 인생이란 것이 있다면 그 엮인 문장들의 졸가리와 고갱이를 이르는 것이 아닐까.

잘 쓴 글과 좋은 글

맛집에 '낚이는' 때가 있다. 한두 번쯤 실패한 경험이 누구나 있을 것이다. 맛집이라더니 맛도 서비스도 위생도 불량하고 진심이 느껴지지 않는 가게. 개운치 않은 찝찝함과 씁쓸함이 남았던 기억. 그런 실패가 어디 맛집뿐이겠는가.

글에도 자주 낚시를 당한다. 제목이 흥미로워서 클릭했는데 내용이랄 것이 별로 없다. 매번 농락당하면서도 또 열어보게 된다. 얄팍한 제목과 부실한 내용으로 인기를 끌어보려는 기사나 소셜네트워크서비스의 글을 보면 세상이 왜 이렇게 가볍고 하찮게 변해가는지 슬프고 가여운 마음이 든다.

요즘은 글이나 영상이 조회 수를 얼마만큼 올렸는지, 구독자 수를 얼마나 확보했는지로 가치를 평가받는다. 구독자 수나 조회 수가 많은 '핫한' 글들이 메인 화면으로 노출될 가능성이 높고, 메인 화면에 노출되면 다시 조회 수가 급격하게 늘게 된다. 인플루언서가 되면 내용과는 상관없이 극단적으로 조회 수가 몰린다. 이런 이유로 조회 수를 늘리는 팁이라든지, '어그로 끄는 제목 붙이는 방법' 같은 글들이 인기를 끈다. 자칫 이런 성급한 인정 욕구와 얄팍한 테크닉에 매달리는 글쓰기에 혈안이 되면 정말 소중한 걸 놓치게 된다. 오래지 않아 문을 닫게 될 낚시성 맛집 신세가 될 수 있다.

물론 더 많은 사람들에게 내 글이 읽히기를 바라는 것, 잘 쓴다는 인정을 받고 싶은 것, 인기를 얻고 명성을 얻어 많은 돈을 벌고 싶은 욕망에는 잘못이 없다. 내가 글을 쓰는 이유도 욕망에 기인한다. 문제는 욕망을 드러내는 방식이다. 어떤 욕망은 추악해 보이고 어떤 욕망은 아름다워 보인다. 그 욕망에 투여된 시간과 열정, 그 욕망을 구체화해가는 과정의 성실성이 미와 추를 가른다.

시골 할머니들이 『문해, 인생의 글자꽃이 피어나다』(안동시 찾아가는 한글배달교실, 2016)라는 시집을 냈다. '문해'는 사람 이름이 아니라 '문자를 해독하는 능력'을 말한다. 지자체에서는 한글 교육을 활성화하기 위해 문해 교육을 지원한다. 학교를 다닌 적이 없어 일평생 까막눈으로 살아온 할머니들에게 안동시에서 한글을 가르치기 시작했다. 여든한 살 류덕희 할머니는 「배츄받」이라는 시를 썼다.

아침 일찍 배츄받에
푸을 뽀앗다
잡짝기 배츄받 글짜가
생각이 나서
호미로 땅바닥에
써보았다
배츄받, 배츄밧
었떤거시 마질까?
빨리 씩고 학교 가서
성생님께 물어바야지

이 시는 '잘 쓴 글'이 아니다. 맞춤법도 엉망이고 인생의 깨달음을 담고 있지도 않다. 그런데도 나는 이 글에 끌렸고, '좋은 시'라고 판단했다. 마음을 움직였기 때문이다. 꾸밈도 없고 기교도 없지만 할머니의 간절한 마음이 있다. 반듯하고 미끈하고 무결한 문장으로 쓰인 글이 아닌데도 나는 할머니의 진심이 담긴 이 시에 미소가 지어지고 마음이 간다.

진심은 드러내려고 애쓰지 않아도 읽힌다. 자신이 아끼는 것, 누군가에게 요긴한 것을 내놓을 때 사람들은 반응한다. 그것이 꼭 필요한 무언가가 아닐지라도 시간과 정성이 투여된 것임을 아는 순간 사람들은 그것을 가치 있다고 여긴다. 그런 가치나 의미가 읽힐 때 독자들은 '좋은 글'이란 말로 뭉뚱그려서 인정한다. 좋은 글의 힘은 본문에서 나온다. 본문이 진짜 실력이다. 본문은 테크닉의 영역이 아니라 삶 자체다. 삶의 내용이 없으면 본문은 채워지지 않는다.

소중한 걸 내놓아야 원하는 걸 얻을 수 있다. 내놓을 게 마땅치 않다면 내놓을 만해질 때까지 준비하며 기다려야 한다. 결국 내놓는 그것은 글이 아니라, 내가 준비하고 가꿔온 인생 하나인 것이다. 그 인생의 경과를 진정성이라고 하고, 진정성은 자성이 있어서 사람을 끌어당긴다.

내 인생은 나만 살아봤으니까

오늘의 자존감 수치는 바닥이다. 처마 밑에 거미줄이 보인다. 먹잇감을 돌돌 말아 대롱대롱 매달아놓았다. 나는 저 거미만도 못하다. 매달린 먹이가 쟁여둔 원고처럼 보인다. 내 노트북에는 온통 잡다한 쓰레기 뭉치뿐이다. 문득 집어 든 책 몇 페이지를 읽다가 다시 다치고 절망한다. 이렇게 나보다 잘 쓰는 작가들이 많은데 뭣 하러 쓰레기를 세상에 내보내려고 하나. 계약을 무를 수도 없고 앞으로 치고 나갈 수도 없고 진퇴양난이다.

내 글이 누군가의 마음을 1밀리미터라도 움직일 수 있기를, 내 글이 세상에 아주 작은 균열이라도 낼 수 있기를,

내 글이 쓰는 동안만이라도 내가 살아 있다는 느낌을 증명해주기를. 이런 바람들이 얼마나 황망한 과욕이었던가. 부끄러움이 뼈를 파고든다. 글이 쓰이는 게 아니라 조각조각 기워지고 있다. 내가 글을 쓰는 게 아니라 글이 나를 부리고 있다. 이 정도면 물러나야 한다. 그런데도 견디고 앉아 있다.

나는 마감일을 두 번이나 지키지 못했다. 나는 납품일을 어긴 염치없고 질 나쁜 작가가 되었다. 못 쓰는 작가만이 아니라 불성실한 작가가 되었다는 자괴와 자책이 더해졌다. 때마침 담당 편집자가 문자를 보내왔다. 어디선가 나를 지켜보고 있는 것이 분명하다.

원고를 채근하는 말은 한 마디도 없다. 힘드실 텐데 몸 살펴가며 쓰라고 한다. 몸은 불량하고 이미 고장이 났다고 답하고 싶어진다. 나는 작가님의 담당자이기 전에 작가님 글을 너무도 좋아하는 애독자이기도 하다고 쓰여 있다. 더 부담되고 가시방석이라고 답하고 싶어진다. 작가님 글은 작가님만이 쓸 수 있으니 힘내시라고 맺고 있다. 나는 이 대목에 울컥 코끝이 시큰해진다. 지금의 나를 가장 잘 알아주고 위무하고 살려내는 말이다. 어쩌면 나는 이 한 마디가 듣고 싶어 약속을 두 번이나 여겼으면서도 버티고 있는지 모른다. 실망시키지 않으려고 허투루 쓰지 않으려고 안간힘을 다하고 있는지 모른다.

나의 편집자는 얼마나 속이 타겠는가. 편집자는 모든 작가들의 어머니다. 방탕하고 불량한 작가들 때문에 속이 썩어 문드러져도 내색하지 않는다. 묵묵히 돌보고 다감하게 재촉하고 가라앉은 기운을 일으켜 세운다. '나만이 쓸 수 있는 글'이란 말이 사실이 아닐지도 모른다. 설혹 그 말이 나락에 빠진 작가를 수습하기 위해 흔히 동원되는 관용구일지라도, 나는 그 말이 망망대해에서 허우적대고 있는 내게 던져진 구명 튜브라고 여긴다. 박동이 느껴지지 않는 내 심장을 다시 뛰게 만드는 자동심장충격기라고 여긴다.

보잘 것 있든 없든 누가 내 인생을 살아보았겠는가. 누가 내 글을 나처럼 쓸 수 있겠는가. 내가 아니면 누구도 쓸 수 없는 나만의 글이 아닌가. 살아 있는 한 나는 해야 할 일을 해야 한다. 누구와도 비교될 수 없는 나의 인생을 살아야 한다. 내 글의 저작권자는 세상에 오직 한 사람뿐이니까.

읽기의 쓸모

독자는 글을 읽는 사람이다. 글을 읽는다는 것, 그 능력이 얼마나 소중한지 사람들은 잘 모른다. 정확하게 표현하면, 독자란 글을 읽을 수 있는 사람이다.

같은 반 친구 K는 전국 상위 1퍼센트에 드는 수재였다. 녀석이 쉬는 시간이 되면 국어 기출문제를 들고 와서 내게 묻는 것이었다.

"이 예문에서 밑줄 친 문장의 뜻이 뭐냐? 도대체 무슨 말인지 이해가 안 된다."

나는 도대체 녀석이 이해가 안 됐다. 나보다 똑똑하고 일 등이면서 왜 이런 문장의 뜻을 모르겠다고 하는 거지?

이래서 신은 공평하다고 하는 건가 싶었다.

어른이 되고 나서야 별 어려움 없이 책을 읽고 이해하는 능력이 어마어마한 특혜라는 사실을 알게 됐다. 대부분의 사람들에게 독서는 유난스러운 일도 아니고 특별한 능력도 아니다. 독서를 하지 않는 이유는 시간이 부족하거나 다른 재밋거리에 빠져서이지 읽을 줄 몰라서가 아니다. 그런데 사실 독서는 인간의 노력으로 얻게 된 엄청난 행운이다.

인간의 독서 행위를 뇌과학적으로 연구하는 저명한 인지신경과학자 매리언 울프의 주장에 따르면, 인간은 누구나 난독증 상태로 태어난다. 즉 처음부터 책을 읽을 수 있는 뇌를 가지고 태어나지 않는다는 의미다. 이기적 유전자가 다른 것들은 유전 프로그램을 통해 자손에게 잘 전해주지만, 독서 능력만큼은 직접 전해주지 않는다고 한다. 매리언 울프는 독서를 이렇게 정의 내린다. "독서는 뇌가 새로운 것을 배워 스스로를 재편성하는 과정에서 탄생한, 인류의 기적적인 발명이다." 뇌가 독서하는 방법을 배우면 독서하는 뇌가 발달되고, 그렇게 만들어진 뇌의 독서 회로에 따라 자연스럽게 반복적인 독서 행위가 가능해진다는 주장이다.

레오나르도 다빈치나 파블로 피카소, 알베르트 아인슈타인 등 창조적인 천재들이 난독증에 시달렸다는 사실은 널리 알려진 이야기다. 그들이 난독증을 극복하려고 어떻게 뇌를 창조적으로 발달시켰을지, 그 과정에서 어떤 천재적인 작업들이 수행됐을지 미루어 짐작해볼 수 있다. 그런 측면에서 난독증은 어떤 사람들에게는 신의 선물이었을지도 모른다. 책을 읽어도 무슨 내용인지 이해를 못 하는 아이가 있다면, 그 아이가 의지박약하거나 노력이 부족하거나 산만하기 때문이 아닐 수 있다. 아직 독서 회로를 만들어내지 못한, 난독 상태일 수도 있는 것이다. 윽박지르기보다 기다려주고 살펴봐 줘야 한다.

사색이 사라진 시대의 성인들에게서도 나는 이런 증상을 가끔씩 본다. 아주 쉬운 설명문을 제시해도 이해하지 못하고, 자신만의 습관적인 읽기로 오독해버린다. 이것이 일종의 병증이라는 것을 이해하기까지 나는 오랫동안 그들의 지능을 오해하며 지냈다. 모든 사람이 똑같은 능력을 갖는 것이 아니다. 사람마다 읽는 뇌가 다르다.

내가 말하고 싶은 것은 이것이다. 지금 당신이 책을 읽는 즐거움을 누리고 있다면, 당신은 책을 읽기 위해 부단히 책 읽는 뇌를 발달시켜온 사람이다. 경의를 표한다. 그러니 그 특별한 능력을 자주 애용하기를 바란다. 당신이 독서하는 모습을 누군가는 부러운 눈으로 바라보고, 그 능력을 갖지 못해 슬퍼하는 사람들이 있다는 것을 상기하면서.

책이 그냥 책이 아니듯이 독자도 아무나 독자가 아니다. 우리, 읽을 수 있는 축복을 헛되이 하지 말자.

빼기의 미학

"나는 누구일까요? 아는 분은 손 좀 들어주세요."

자기소개를 하는 자리에서 나는 앞에 앉은 사람들에게 이렇게 묻고 싶어진다. 내가 누구인지 잘 모르겠는데 나를 말해보라니 막막하다. 많이들 그렇듯이 나도 익숙하게 사용해온 자기소개 멘트를 필요할 때마다 꺼내서 쓴다.

익숙한 자기소개라는 게 뻔하다. 무슨 일을 하고 있고, 소속이 어디고, 어떤 직책을 맡고 있고 하는 것들. 더 사교적인 자리라면 어디에 살고, 무슨 공부를 했고, 가족 관계가 어떻게 되는지 등을 덧붙여 말하면 다들 알겠다는 듯이 고개를 끄덕이며 박수를 쳐준다.

직업, 소속, 직위, 이름만으로 우리는 충분히 그 사람이 어떤 사람인지 안다고 믿는다. 그런 정보가 한 사람을 가장 뚜렷하게 말해주고 가장 확실히 대변해준다고 믿는다. 정말 명함의 나는 나인가? 호주의 시인 에린 핸슨은 그의 시 「아닌 것」에서 그것들은 당신이 아니라고 말한다.

당신의 나이는 당신이 아니다.
당신이 입는 옷의 크기도
몸무게와
머리 색깔도 당신이 아니다.

당신의 이름도
두 뺨의 보조개도 당신이 아니다.
당신은 당신이 읽은 모든 책이고
당신이 하는 모든 말이다.

당신은 아침의 잠긴 목소리이고
당신이 미처 감추지 못한 미소이다.

당신은 당신의 웃음 속 사랑스러움이고
당신이 흘린 모든 눈물이다.

당신이 철저히 혼자라는 걸 알 때
당신이 목청껏 부르는 노래
당신이 여행한 장소들
당신이 안식처라고 부르는 곳이 당신이다.

당신은 당신이 믿는 것들이고
당신이 사랑하는 사람들이며
당신 방에 걸린 사진들이고
당신이 꿈꾸는 미래이다.

당신은 많은 아름다운 것들로 이루어져 있지만
당신이 잊은 것 같다.
당신 아닌 그 모든 것들로
자신을 정의하기로 결정하는 순간에는.

에린 핸슨, 「아닌 것」(『마음챙김의 시』, 류시화 편, 수오서재, 2020)

온라인으로 독서 모임을 꾸리게 되었다. 대화방에서 자기소개를 할 때 몇 가지 규칙을 뒀다. 다섯 문장 이내로 하되 이력서에나 쓸 법한 직업, 학력, 가족 관계, 사회적 지위 따위를 싹 뺄 것. 그러자 신기한 일이 벌어졌다. 익히 보지 못했던 소개말이 올라왔다. 어떤 사람이 되고 싶다거나 무엇을 소중하게 생각한다거나 요즘 관심을 두고 있는 일이 무엇이라거나 하는 것들이었다. 자신이 욕망하고, 의미 있게 여기는 것에 대해 말하고 있었다. 선입견이나 편견 없이 그가 말한 그대로 그 사람이 보였다.

에린 핸슨의 시처럼 나라고 말할 수 있는 것들은 내가 읽은 책들, 내가 다녀온 곳들, 내가 좋아하는 것들, 내가 하는 말들, 내가 사랑하는 사람들 속에 깃들어 있다. 그 모든 것들의 집합이 나다. 어느 특질적인 것 하나로 나를 규정하기에는 나는 훨씬 더 풍부하고 신비롭고 존귀한 생명체다.

불필요한 낱말이나 문장을 날려버릴 때 쓰는 교정부호가 있다. 일명 '돼지 꼬리표'다. 글쓰기 초보자일수록 이 꼬리표 사용하기를 겁낸다. 천금 같은 내 글이 없어지는 걸 용납하기 어렵고 무엇 하나 불필요해 보이지 않아서 그럴 것이다. 그래서 더더욱 나는 이 돼지 꼬리표야말로 글쓰기 수준을 높여주는 매우 요긴한 부호라고 생각한다.

삶은 더하기인 줄 알았다. 무엇이든 가지고 무엇이든 배우고 무엇이든 채우려고 했다. 그런데 더할수록 비어 있음이 많이 보였다. 인생은 더하고 채우는 것이 아님을 점차 알게 됐다. 과식이 비만을 데리고 와서 나를 가르쳤다. 빼기가 중요하다는 생각이 들자 또 빼는 일에 과욕을 부렸다. 살도 점도 사랑니도 무분별한 관계도 뺐다. 그러다 문득 깨달았다. 애초에 덜 가지는 게 더 현명한 일이라는 것을. 지금 이 순간에도 나는 글을 쓰면서 열심히 뺀다. 그래서 '뺄 데 없이 탄탄한 글이 되었다'는 것은 거짓말이고 여전히 군더더기가 수두룩하다.

글과 몸은 참 닮았다. 요즘은 자꾸 내 살들이 눈에 밟힌다. 적게 먹어도 달려보아도 계속 다가오는 살들. 부단한 회피와 도저한 저항으로 저 살들을 물리치면 나의 본질이 선명하게 드러날 것인가. 생각해보면 너무 많아서 내가 누구인지 말하기 어려웠던 것이지, 보여줄 게 너무 없어서 말할 거리가 없던 것이 아니었다.

나라고 말할 수 없는 것들을 과감하게 빼고 나면 사람들은 한눈에 알아볼 것이다. 달라졌다고, 진짜 멋있어 보인다고, 비결이 뭐냐고. 거울을 볼 때마다 나도 깜짝깜짝 놀라겠지. 너무 반하면 안 되는데, 참 별일도 다 있지 하면서.

슬픔을 슬픔으로 쓰기를

내 글을 보고 누군가 그랬다. 당신 글을 보면 힘든 일을 겪었던 적이 한 번도 없는 사람 같다고. 무슨 뜻인지 알 것 같아서 고개를 끄덕였다. 치열한 삶의 현실을 문학적 애이불비(哀而不悲)로 회피한 유미주의. 변혁의 의지라곤 찾아볼 수 없는 나약한 자기 연민. 내가 보기에도 나의 글에는 그런 혐의가 다분히 있다.

모든 삶에는 주름이 있다. 겹겹의 주름은 골마다 생의 전투를 치르면서 아로새긴 자신만의 내력을 품고 있다. 그 내력은 편찬되지 않아서 드러나지 않고 읽히지 않았을 뿐, 엄연한 실체의 역사로 압축돼 삶의 무늬로 새겨져 있다.

몇 줄의 시 같은 주름의 표면을 보고 그 삶을 단정할 일도 다 알 수 있는 것도 아니다. 삶에는 저마다 속사정이 있으니까.

나는 슬픔을 피한다. 적확하게 표현하면, 슬픔이나 고통을 언어로 대체하기를 피한다. 나는 이미 발생한 슬픈 일은 기억 창고에 밀어 넣어둔다. 기억 장치는 간특하고 편리하다. 슬픈 일들은 기억 창고 안에서 곧 썩거나 부식된다. 가끔은 내 멋대로 편집하고 성형한다. 문제는 슬픔이 소멸될 때까지의 시간이다. 갇힌 슬픔은 수시로 기어 나와 괴롭힌다. 그때 사람마다 슬픔을 견디는 방식이 다르다. 나는 슬픔을 슬픔으로 인정하지 않고 견딘다. 슬프다고 종이에 쓰지 않는다. 쓰는 순간 슬픔이 정체를 드러내고 부려댈 난동을 감당할 자신이 없어서 피한다. 용기가 없는 것이다. 그뿐, 슬픔이 다녀가지 않는 인간의 몸이란 없다.

한때 나는 슬픔을 비워내는 방식으로 글쓰기를 택했다. 슬픔도 에너지라서 자꾸 쓰면 이내 바닥을 보일 거라고 믿었기 때문이다. 그런데 어떤 슬픔은 오히려 글로 쓰면 더 생생해지고 낭자해져서 견디기 힘들어졌다. 독한 술을 마시면 빨리 취하고 인사불성으로 쓰러져 잠들 수 있었다. 그렇지만 나는 덜 독한 술을 느리게 마시고 길게 취하는 방식을 택했다. 독해서 빨리 처분하려는 슬픔보다 적당하게 취하고 적당하게 분해되는 슬픔을 택했다. 숙취를 감당하는 방식으로 슬픔이 지긋이 감당되기를 바랐다.

상처도 괴로움도 없는 삶이 어디 있겠는가. 다만 나는 내색하고 싶지 않았고 구태여 글로 남기고 싶지 않았다. 몸 안에 있으면 점점 옅어져 휘발할 것들이 흉터처럼 남아 지워지지 않을 것 같아 그게 두려웠다.

어쩔 수 없이 슬픔을 써야 할 때는, 그것 참 이해할 수 없다고 썼다. 혼자 비빔밥을 먹었다고 썼다. 묵묵히 밥을 삼켰다고 썼다. 별일 없이 잘 지내고 있다고 썼다. 그렇게 된 것이 아니라 그렇게 될 것이라고 믿으며 썼다.

나의 방식은 옳지 않다. 당신은 그러지 않았으면 좋겠다. 아무렇지 않은 척 반어법으로 말하지 않았으면 좋겠다. 당신은 아플 때 아프다고 썼으면 좋겠다. 지금 어떠냐고 물으면, 내면을 그대로 말해주면 좋겠다. 그게 사람이 슬픔을 견디는 가장 사람다운 방식이다. 슬픔 때문에 아픈데, 감정을 감춰야 한다면 얼마나 비인간적인가.

가만히 있어서 아무는 상처란 없다. 그러니 나는 그런 나로 인해 또 얼마나 덧나고 곪았겠는가. 당신의 슬픔은 가만하지 않고 환한 대낮에 터트린 농담 같기를 바란다. 검은색 말고 흰색의 울음 같은 것으로.

여행에서 얻은 한 문장

여행은 얼마나 멀리 갔는지가 아니라 여행하는 동안 얼마나 깨어 있었는지가 중요하다. 얼마나 많이 다녔는지가 아니라 얼마나 느꼈는지가 중요하다. 여행에 인생을 대입해보면 금세 명료해진다.

불운한 여행이 있다. 피로에 시달리느라 그곳의 꽃과 과일과 공기의 냄새를 맡지 못하고 차 안에만 머물러 있었다거나, 너무 많은 풍경을 사진에 담느라 정작 그곳의 느낌 한 문장을 가슴에 담아두지 못했다거나. 이런 놓치는 여행이 인생에 다반사로 있다.

친구가 어떤 곳에 다녀온 사진을 보여주면 나도 가봤다고 호응한다. 그러면 자연스럽게 그곳을 화제로 대화가 이어진다. 공통된 경험이 있으면 세일즈의 세계에서도 이야기가 부드럽게 풀리기도 한다. 특히 여행의 경험은 낯선 경계심마저도 쉽게 해제한다.

"거기 좋지?"

"응, 나도 좋았어."

"거기 석양이 죽이지 않았어?"

"그러게. 살아서 온 게 다행이지."

"아, 바다색도 환상이었어."

서로가 가진 느낌과 기억을 공유한다. 그다음이 나는 궁금하다. 그래서 그곳은 당신에게 어떤 문장으로 기억되고 있는가? 좋았다는 말 말고 그저 그런 감탄사 말고 어떤 문장으로 저장돼 있는가? 사실 초콜릿을 좋아하는 것과 친구를 좋아하는 것은 미묘하게 다르다. 전자는 일시적 쾌감이고, 후자는 습관화된 감정이다. 아무데나 붙이는 좋다는 말은 참 애매하고 모호한 표현이다.

나는 부탄의 도시 푸나카에 있었고, 그 도시는 내게 이런 문장을 남겼다.

'인간과 신이 구분되지 않는 곳.'

나는 순천만 부근의 와온해변에 있었고, 그 해변은 내게 이런 문장을 남겼다.

'천국이 있다면 저 석양 안에 있을 것.'

나는 초봄의 산청에 있었고, 산천재의 조선조 매화나무는 내게 이런 문장을 남겼다.

'흰 뼈로 붉은 꽃을 피웠다.'

우리는 낯선 곳에서 아름다운 것을 보거나 신비한 것을 보면 입을 다물지 못한다. 그러곤 말한다. 말로 형용할 수 없다고. 그 말이 이미 형용이다. 마음만 먹는다면 형용하지 못할 것이 없다. 아직 보지 못했거나 경험하지 못한 것이 있을 뿐. 인간은 없는 것도 상상해서 형용한다. 그러니 있는 것을, 직접 보고 느낀 것을, 게다가 극적으로 아름답고 황홀한 그것을 형용하지 않고 그냥 왔다면 크나큰 실수다.

거기 갔었다는, 내가 그곳에 있었다는 사실이 중요한 게 아니다. 내가 가졌던 느낌이야말로 내가 그곳에서 살아 있었다는 명백한 증거다. 사진으로도 눈으로도 촉감으로도 허파로도 맥박으로도 기억하자. 그 기억이 흩어지기 전에 느낌을 요약해둘 문장을 찾자.

내가 너를 처음 만났을 때
내가 너라는 여행지에 도착했을 때
사실적인 감정을 기록하려 했고
너는 그 안에서 생생해졌고
나는 너를 사랑했다,
표현할 수 있는 감정만큼.

살의 말들

얼마 전에 족발을 배달시켰다가 뼈 때리는 일을 당했다. 어디나 그렇겠지만 족발을 주문하면 먹음직스럽게 발라낸 살점들이 뼈다귀 위에 수북이 덮인 채로 포장된다. 그런데 평상시와 달리 살점의 양이 형편없이 부족하고 뼈다귀만 풍성했던 것. 어쩔 수 없이 곁들이로 따라온 메밀국수와 주먹밥으로 배를 채웠다. 인간은 먹을 것에 특히 예민한 존재가 아니던가. 뼈다귀로 양을 채운 양심 불량 족발집을 배달집 리스트에서 삭제했다.

살이 부족한 바람에 나는 반대로 뼈에 관한 생각을 확장했다. 족발의 뼈다귀는 일종의 요약이다. 자기 계발서류의 특징은 딱 두 가지로 대변된다. 실행 가능한 해답을 알려줄 것, 요약해서 핵심을 알려줄 것. 살보다 뼈가 중요하다. 책이 알려주는 대로 실행하지는 못하더라도 그런 요령과 방법을 알고 있는 것만으로도 문젯거리가 해소되는 듯하고, 시대에 뒤떨어지지 않고 있다는 안도감을 얻을 수 있다.

돈 버는 기술이나 말 잘하는 요령 따위를 알려주는 책들이 대세인 시대에 나 같은 에세이 작가들은 난감하다. 소설은 흥미라도 있고 스토리라도 있는데, 에세이는 그야말로 잡다하고 사변적이다. 뼈다귀는 없고 살은 너무 많다. 에세이 작가는 해답을 알려주는 사람이 아니라서 뼈를 드러내는 글과는 거리가 멀다. 오히려 정답으로 고정된 세계를 해체하고, 정답이 없는 인생의 의미를 탐색하는 사람들이라 뼈를 드러낸 글들과 대척점에 서 있다.

인생은 원하지 않아도 한 줄의 묘비명으로 요약된다. 죽어서 살이 흩어지고 뼈만 남으면, 그는 어떤 사람이었다고 몇 마디의 평판으로 간추려진다. 그는 참 다정한 사람이었지, 그는 좋은 의사였지, 그는 무자비한 독재자였지, 그는 돈밖에 모르는 구두쇠였지, 그는 유쾌하고 위트 있는 사람이었지. 사람들은 각자의 기억으로 그의 일생을 추억하고 한 줄의 촌평으로 남긴다. 그 요약된 한 줄의 뼈는 내가 죽은 후의 일이다.

나의 지금을 지탱하는 것은 살과 피다. 그 살과 피의 시간이 삶이다. 살에서 향기가 나고 싱싱하게 피가 도는 시간에만 나는 살아 있다. 나는 서둘러 나의 뼈를 요약하고 싶지 않다. 지금은 살과 피의 시간, 사소하고 흔하고 하찮더라도 더 많은 나의 이야기를 쓰고 싶다. 내 살에서 복숭아 냄새나 눈 냄새나 풀 냄새 같은 것들이 스며 나오는 동안에는.

의미심장이라는 말

사람이 산다는 건 의미를 부여하는 일이다. 모든 관계에 의미가 부여되어 있다. 엄마와 아들, 언니와 동생, 친구와 친구, 연인, 스승과 제자, 사장과 직원, 생산자와 소비자. 사이를 정하는 의미는 각자의 자리가 된다.

의미는 목적이고 쓸모라서 의미가 생기는 순간 삶의 길이 된다. 의미가 있으면 사는 것이고 의미가 사라지면 죽는 것이다. 의미가 곧 심장과 같아서 깊은 뜻을 잊지 말라고 의미심장이라고 하는 게 아닐까(그 심장心臟이 이 심장深長은 아니다).

사랑이 식었다는 말은 의미가 희미해졌다는 거고, 배신당했다는 말은 의미가 더렵혀졌다는 거고, 상처받았다는 말은 의미가 다쳤다는 거고, 숨 막힌다는 말은 의미가 파괴됐다는 거고, 잊었다는 말은 의미를 잃었다는 거다.

몰랐던 것을 처음 발견하거나 없던 것을 발명하면 가장 먼저 이름을 붙인다. 그 명명(命名)이 있어야, 사물이든 사건이든 사람이든 비로소 있는 것이 된다. 그 이름이 그것의 의미가 된다. 강아지나 고양이를 데리고 오면 처음 하는 일이 이름을 짓는 일이다. 내가 이름을 붙이면 이제 그들은 단지 강아지나 고양이가 아니다. 반려라는 관계가 생겨나면 강아지와 나는, 고양이와 나는 더 이상 남이 아니다. 의미가 심장을 장착하게 된다.

그래서 산다는 건 의미를 붙이는 일이면서 동시에 붙이지 않아야 할 것에 함부로 의미를 붙이지 않는 일이다. 내가 책임을 다할 수 없는 것에 의미를 두고 관계를 만들지 말아야 한다. 잘못하다간 서로의 심장을 아프게 만든다. 부여했던 의미를 다시 거두려면 좋아함도 미워함도 그리움도 다 멈춰야 가능하다. 완전히 잊어야 겨우 의미가 떠난다. 그게 쉬운 일인가. 그러므로 산다는 건 무엇에 의미를 두고, 무엇에 의미를 두지 않을까를 정하는 일이다.

가까이하는 건 쉽지만, 가까이한 것을 멀리하는 건 고통스럽다. 사이를 만들고 틈새에 의미를 끼우는 건 우리의 관계에 심장을 달아둔다는 뜻이다. 의미를 붙일 때 그러므로 심장을 생각해야 한다. 함부로 좋아하지 않는 단호함, 어쩌면 그것이 의미심장의 진정한 정의다. 그 조심하고 아끼는 마음이 흘러들어야 심장이 붉고 단단하게 박동한다.

epilogue · 가장 아름다운 것

한 마리 벌의 주머니 속에
한 해의 모든 숨결과 꽃이 들어 있고
한 알 보석의 심장에
광산의 모든 경이와 풍요가 들어 있고
한 알의 진주 속에
바다의 모든 그늘과 빛이 들어 있네.
그리고 그것들보다 더 높은 곳에 존재하는
보석보다 빛나는 진실,
진주보다 순결한 믿음,
우주에서 가장 명백한 진실과 가장 결백한 믿음,
나에게는 그 모든 것들이

한 소녀의 입맞춤 속에 있네.

로버트 브라우닝, 「가장 아름다운 것」

빅토리아 시대의 시인 로버트 브라우닝은 사랑시를 꽤 많이 썼다. 그가 현대에 와서 회자되는 건 자신의 시에 "Less is more."라는 말을 처음 썼다고 알려졌기 때문이다. 비움과 단순함을 표방하는 미니멀리즘의 상징적인 문구로 곧잘 차용되는 이 문장은 '단순한 것이 더 아름답다'라고 번역되는데, 나는 '적을수록 더 좋다'라고 직역한 게 마음에 든다. 이 시에도 브라우닝의 사유가 깃들어 있는 것 같다. 무수하게 빛나는 세상의 모든 지고한 것들이 단지 입맞춤 하나로 귀결되고 집약된다.

프랑스 작가 아네스 드 레스트라드가 쓴 『낱말 공장 나라』라는 아주 짧은 동화책이 있다. 이 나라에서는 말을 하려면 가게에서 낱말을 사서 삼켜야 한다. 자주 쓰는 좋은 낱말은 비싸고 필요 없는 낱말들은 값이 싸다. 부잣집 아이가 한 소녀에게 고백을 한다. 나는 너를 진심으로 사랑한다고, 어른이 되면 우린 결혼할 거라고. 가진 낱말이 많아 완벽한 문장으로 말한다. 그런데 부잣집 아이 말고 소녀를 좋아하는 가난한 집 아이도 있었다. 아이가 가진 낱말은 세 개뿐이다. 그것도 공중에 떠다니는 낱말을 곤충채집망으로 붙잡은 것이었다. 아이는 소녀에게 가서 자기가 가진 전부를 말한다. "체리, 먼지, 의자." 문장이 되지 못한 불완전한 낱말들. 그러나 그것이 문제가 되지 않는다. 소녀는 말이 아니라 마음을 보았으므로. 소녀는 아이에게 다가가 입을 맞춘다.

나는 생각했다. '입맞춤'으로 귀결되는 모든 사랑의 과정에 필요한 건 많은 말도, 완전한 문장도 아니라는 것. 우리는 말을 너무 값없이 쓰고, 너무 많은 말들을 낭비한다. 이미 충분한데도 더 잘하려고 더 많은 낱말들을 욕심낸다. 그래서 어떤가? 점점 진심을 전하는 일은 힘겹고, 무엇이 진실인지 아는 건 더 어려워졌다. 너무 화려하고 자극적이고 복잡하기만 하다.

에필로그에서 내가 하고 싶은 말은 이것이다. 적을수록 더 좋다는 말. 불완전해도 그것이 최선의 삶이라는 것. 말의 식탐을 조금씩 덜어내고 비워낸다면 분명해지고 투명하게 보일 것이다. 너에게로 이어진 마음의 직통로며 심장이 쿵쿵 건너가는 소리까지도.

오늘 그대가 삼킨 날말은 무엇인가?

너의 말이 좋아서 밑줄을 그었다

초판 1쇄 발행 2021년 10월 15일
초판 9쇄 발행 2023년 2월 13일

지은이 림태주

발행인 이재진 **단행본사업본부장** 신동해
편집장 조한나 **책임편집** 전해인 **교정** 우하경
디자인 김은정 **마케팅** 최혜진 최지은
홍보 최새롬 반여진 정지연 **국제업무** 김은정 **제작** 정석훈

브랜드 웅진지식하우스
주소 경기도 파주시 회동길 20
문의전화 031-956-7209(편집) 031-956-7127(마케팅)
홈페이지 www.wjbooks.co.kr
페이스북 www.facebook.com/wjbook
포스트 post.naver.com/wj_booking

발행처 ㈜웅진씽크빅
출판신고 1980년 3월 29일 제406-2007-000046호

ISBN 978-89-01-25306-0 03810

웅진지식하우스는 ㈜웅진씽크빅 단행본사업본부의 브랜드입니다.